ユーリ
「無事、基礎訓練課程を首席で終えました。聖アリシア隊の配属希望権を勝ち取ったんです！」
「あっ――僕、ユーリは、第十二部隊に配属希望の提出に参りました！」
アリシア
「ええっと、聖アリシア……なんて？」

フローラ
「あら～？　訓練に参加すらしない弱虫に、いったい何が分かるっていうのかしら」

「フローラ、僕はあなたに
決闘を申し込みます」

「傷を少しでも浅くするため、
和平を結んで戦いを終えるのが
得策かと思いますわ」
イルミナ

The Fallen Saint
Dances in
Vortex of War
Written by Atoha
Illustration by Peperon
2
闇堕ち聖女は戦渦で舞う
アトハ
画・ペペロン

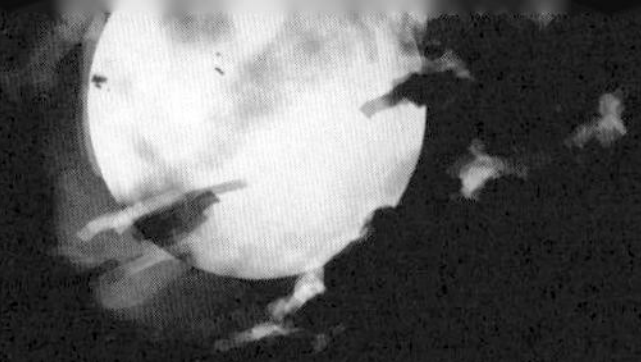

闇堕ち聖女は戦渦で舞う

The Fallen Saint Dances in Vortex of War

2

Written by Atoha
Illustration by Peperon

Contents

第一章　戦争に備えて

シュテイン王子による演説から一カ月。

魔王軍の幹部会議では、日々、激化する戦闘についての対処に追われていた。あの宣言からヴァイス王国軍の活動が活性化しており、各地での戦いは激化の一途をたどっていたのだ。

「魔王様、こちらからも打って出るべきです！」

「舐《な》めた真似《まね》をしてくれた人間どもを、血祭りにあげてみせましょうぞ！」

血気盛んに、そんなことを主張する者もいた。

十二人いる幹部のうち、半数は今も戦地で防衛にあたっている。映像を映し出す魔道具により、作戦会議室には、不在者のホログラムが映し出されていた。

ここ魔導皇国と王国との戦いは、一見、拮抗《きっこう》しているように見える。

しかし兵の総力は、ヴァイス王国とレジエンテの連合軍の方が大きいのは明らかだった。このまま消耗戦が続けば、ジリ貧になるのは避けられない。

他の魔族国家は、この戦争を静観する構えを見せていた。降りかかる火の粉程度は、自分の力で払い除《の》けてこそという価値観か。事実、魔王アルベルトは薄情だと責めることもなく、淡々とヴァイス王国を相手取る準備を進めていった。

現在、戦闘が激化しているのは、ディートリンデ砦《とりで》だ。ヴァイス王国から最短距離で魔族領に向かおうとすると通ることになる砦である。

非武装地帯を挟んで魔族の築き上げたディートリンデ砦と、敵国の拠点が睨《にら》み合っており、事実上、そこが魔族領と人間領の境界になっていた。

長年、戦いがなかった緩衝地帯も、ヴァイス王国は犠牲者など意に介さず踏み込んできた。ディートリンデ砦が落ちれば、戦局は一気にヴァイス王国に傾くことになるだろう。

魔王軍幹部たちの焦りも当然だった。

「相手の兵力も、作戦も不明なのだ。そんな中、突撃するのは自殺行為だぞ⁉」

「だからといって、このまま手をこまねいているのは黙って死を待つようなものだろう」

「我々、魔王軍の武器はなんだ！　圧倒的な個々の戦力だ。小賢《こざか》しい策など必要ない――真正面から叩《たた》き潰せばいい！」

喧々囂々《けんけんごうごう》と、幹部たちは言い合っていた。

とても意見がまとまる様子はない。

そんな話し合いを、アルベルトは渋い顔で聞いていた。

「どうしますか、アルベルト？」

「ディートリンデ砦には、ブヒオ率いる第四部隊を向かわせよう。あそこは今後の戦局を左右する大事な拠点だからね──もちろん、明け渡す訳にはいかないよ」

アルベルトの判断は、慎重なものだった。

一気に戦局を押し戻すなら、魔王城の兵力の大半を差し向けて一気に決着をつけるべきだと、過激派は主張したのだ。

もっともディートリンデ砦への攻撃が、おとりだという可能性もあった。

戦いの指揮を執る者は、冷静さが求められる。アルベルトはすぐに動かせる兵力を、魔王城に残すことを優先する判断をしたのだ。

各地で、王国軍との戦いが勃発している。

ようやく戦えるときが来たと、私はそわそわしていた。

しかし蓋を開けてみれば、未《いま》だに私は待機中。

「アルベルト、今度こそ私も出ます！」

「君ならそう言うと思ってたけど……」

アルベルトは、苦笑する。

「まさか……、また戦わないでほしいなんて言い出すつもりじゃ──」

「アリシアの願いは分かってるよ。そんなこと、今さら言うつもりはない。だけど魔王軍を率いる者として、君ほどの戦力をみすみす失う訳にはいかない。分かるよね？」

アルベルトは、諭すように私にそう言った。

私やアルベルトには、単騎で戦況を覆せる実力がある。それは厳然たる事実だ。

だからこそ戦争の行方を左右するほどの力を持っている者を、闇雲に戦わせて失うわけにはいかない、そうアルベルトは主張した。

これは魔族と人間の戦争なのだ。その戦いに力を貸すと決めた以上、私だって以前のように復讐心《ふくしゅうしん》のままに先走る訳にはいかない。

「今のアリシアの役目は、君の部隊が戦場で戦えるように訓練することだよ。分かるよね？」

「そうですけど……」

アルベルトの言葉は理解できる。

それでも不満そうに唇を尖《とが》らせる私を見て、アルベルトは呆《あき》れたように苦笑した。

私が、一番力を発揮できる場所はどこか――それは特務隊だろう。

それはアルベルトも同意見だったらしく、再び特務隊が結成されることになったのだ。

フローラとの戦いで救出した仲間たち。せっかく助かった彼らを、また戦いに巻き込むようで気が引けたのが本音だ。だけども彼らは「やっぱりアリシア様と戦ってると落ち着きますね！」などと言いながら、快く手を貸してくれた。

これで良かったのだろうか。

考え込む私をよそに、アルベルトが、てきぱきと各地に指示を飛ばしていく。

「——今日の会議はここまで。ブヒオ、頼んだよ」

「お任せください。必ずやディートリンデを守り抜いてみせましょう」

ブヒオが槍《やり》を携えたまま、ドンと誇らしげに胸を叩くのだった。

効率的な訓練法か……。

特務隊の面々の顔を思い浮かべながら、私は与えられた執務室——魔王軍幹部の者にのみ与えられるものだ——に向かいはじめ、

「あの。何か用ですか、アルベルト?」

ふと後ろを振り返る。

なぜだかアルベルトが、にこにこと笑みを浮かべて付いてきていた。

「用がないと来ちゃ駄目?」

「そんなことはありませんが……」

アルベルトは、魔王だ。いわば一国の長《おさ》とも言える訳で、戦争のこと以外にも大量の執務が溜《た》まっている。決して暇な訳ではないと思うのだけど。

「あ、魔王様。ようこそいらっしゃいました。今、お茶を入れますね」

「気にしないで、ちょっと寄っていくだけだから」

「まあまあ、アリシア様も喜んでます」

「リリアナ⁉」

一方、リリアナは、私とアルベルトの顔を交互に見ると、嬉《うれ》しそうに紅茶を入れに行った。

無駄に張り切っているように見えるリリアナを見て、私はこてりと首を傾《かし》げる。

――そういえば、この機に相談しても良いかもしれないな。

私は、最近の悩みの種だった書類の束を、アルベルトに相談してみることにした。

「あの、アルベルト。そういえば、よその部隊への申し込みと思《おぼ》しき配属希望届が大量に届くのですが、どうすればいいでしょう?」

ヴァイス王国との全面戦争に備えて、常時、魔王軍では志願兵を募集している。

半ば関係ないことと思っていたのだが、なぜか私のもとにも入隊希望届が届いていたのだ。

私の部隊は、特務隊の面々を加えた三十人ほどの小さな部隊だ。優秀な者がそろう魔王軍の中から、わざわざ私の部隊を希望する者がいるとは考えられなかった。

「何もおかしなことはないよ？　アリシアの部隊は人気だからね」

私の疑問に、アルベルトは当たり前のようにそう返す。

「君の活躍は、嫌でも耳に入るだろうしね。ミスト砦での奇跡を忘れられない人も多いんだよ」

「そんな馬鹿な……。大したことはしてないですよ？」

「君は、本当に無自覚なんだね。魔族の中には、アリシアに憧れてる人も少なくない。君の部隊は、今や配属先としてトップクラスの人気を誇るのに――」

そんな冗談を……、と笑って受け流そうとしたが、アルベルトの顔は本気も本気。

そう言われても、ピンと来なかった。王国で私たち特務隊は、どちらかといえば嫌われ者。何かトラブルを起こした者が流れ着く先だった。

好んで入りたがるなど、正気の沙汰とは思えない。

そんな私の気持ちが顔に出たのだろうか。

「恩には功績を――偉業には尊敬を。それって当たり前のことじゃない？」

「当たり前、ですか……」

そのとき、バタンと執務室の扉が開かれた。

入ってきたのは、訓練服に身を包んだケモミミ姿の少年――ユーリだった。一時期、彼は奴隷として商人にこき使われていたが、今は魔王城にその身を置いている。

そういえば、ユーリは力がないことに悔しそうに涙を流していたっけ。本当に魔王軍の人間として訓練しているんだと、私は微笑《ほほえ》ましい気持ちになった。

——ユーリが、とんでもない爆弾を落とすまで。

「アリシア様！　僕、やりました！」

「そんなに慌てて……。どうしたの、ユーリ？」

「無事、基礎訓練課程を首席で終えました。聖アリシア隊の配属希望権を勝ち取ったんです！」

そう言うユーリは、全身から喜びをみなぎらせていた。

可愛《かわい》らしく犬耳がぴょこぴょこと弾んでいるが、今、聞き捨てならないことを言ったような？

「ええっと、聖アリシア……なんて？」

「あっ——僕、ユーリは、第十二部隊に配属希望の提出に参りました！」

直接渡したかったんです、とはにかむユーリ。

一方の私は、それどころではない。

「ええっと、ユーリは私の部隊に入りたいの？」

「はい！」

そう答えるユーリの瞳は、キラキラと輝いていた。

私がオススメするなら、やっぱり面倒見の良さそうなブヒオの部隊だろうか。獣人族を中心に構成している第七部隊も、ユーリなら早く馴染《なじ》めるだろう。

ユーリは、訓練課程を主席で終えたと言っていた。どうして好き好んで、私の部隊なんかを選ぼうというのだろう？

訝《いぶか》しげな顔をしていた私を見て、

「だ、駄目ですか？」

ユーリが、うるうるとした目で私のことを見てきた。尻尾も、力なく垂れ下がっており――

ああ、私、この子のこういう仕草にはめっぽう弱い……。

「駄目、ではありませんが……」

「ありがとうございます、アリシア様！　僕、頑張りますね！」

私が頷《うなず》いた瞬間、ユーリはケロッと笑みを浮かべる。

う、嘘《うそ》泣き……！　ユーリの演技力は、味方にすれば心強いが、相手方に回すと恐ろしいのだ。してやられた、とため息をつく私に、アルベルトから生暖かい視線が注がれた。


その後、私たちはユーリを加え、リリアナの入れた紅茶を全員で口に運ぶ。

午後の執務室には、束《つか》の間の穏やかな時間が流れていた。

そんな穏やかな空気の中、リリアナが入隊希望届の束を持ってきた。そっと目を逸《そ》らすと、ずいずいと私に押し付ける。

「アリシア様、ユーリのことも受け入れたんです。皆さんアリシア様に憧れて希望を出しているんです――そろそろ覚悟を決めましょう」

「分かってますけど……」

私を慕う者も多いらしい、とは聞いている。

ただ、現実感がないのだ。悪意に対しては武器を取ればいいが――相手の考えが読めなければ、対処法が分からない。私は未だに、魔族たちとどう接するべきか悩んでいた。

リリアナの言葉は、親切心からのものだろう。

特務隊は、少数精鋭――そう言えば聞こえはいいが、なんてことはない。私が、気心の知れた集団に、新たに魔族を加えることを嫌がっているだけなのだから。

「分かりました。やりましょう、面談！」

私は、気合を入れるようにパチンと手を叩く。

適当にやって、さっさと切り上げてしまおう。

「ありがとうございます、アリシア様。私は、面談の準備を進めていきますね！」

「それは……、なんだか懐かしいですね」

まあ以前は、希望者が少なすぎて形だけの面談だったわけだけど。

そうして私は、配属希望の魔族たちと面談することになった。

ユーリの配属が決まった翌日。

私は執務室で、入隊希望者が訪れるのを待っていた。ちなみに面談は、私とリリアナの二人で担当している。

約束の時間のちょうど五分前に、控えめにドアがノックされる。

私が許可を出すと、狐《きつね》耳の小さな少女が姿を現した。

「た、たのもー！」

この子が、入隊志願者？

魔族は、見た目と年齢が一致しない場合も多い。それでも、この少女が漂わせる雰囲気は、やはり幼さを感じさせた。

「ええっと、……迷子？」

「違うのじゃ！　わらわは、わらわは入隊試験を受けに来たのじゃ！」

少女は、どこか緊張した様子で、だけどもハッキリとそう答えた。

おそらく獣人族だろう。特徴的なのは極東地方で見られる和服、と呼ばれる華やかな衣装であり、腰には身長に不釣り合いな刀を携えている。

「あ、ごめんなさい。ひとまず座ってください」

「分かったのじゃ」

狐耳少女は、そそくさと用意された椅子に腰掛ける。

私はその様子を見ながら、経歴書の内容を確認していった。

名前はライラ。

十代前半の少女でありながら腕の立つ傭兵《ようへい》として活躍しており、辺境にある砦を渡り歩いてきたと書かれている。これまで、傭兵として活動していた少女。

どうして今になって、魔王城で部隊を志すのだろう。私が興味深くライラを見ていると、なぜか照れた様子で少女は顔を背けてしまった。

「肩の力を抜いてくださいね」

「う、うむ……！」

少女のふさふさの耳が、ピクンと緊張で逆立った。

う～ん、警戒されてるのかな？

「えっと、どうしてあなたは、この部隊に入りたいと思ったのですか？」

私の代わりに、リリアナがライラに質問する。

ライラの答えは、予想外のものだった。

「わらわは——わらわは、ずっとアリシア様に、お礼が言いたかったのじゃ」

どういうことだろう？

残念ながら、少女の姿に見覚えはない。人違いだろうか。

「ミスト砦の戦いで……、油断しておったのじゃ。王国兵の魔法が直撃して、全身に火傷《やけど》を負って――救護兵は匙《さじ》を投げた。ただ横になって、死を待つしかないと諦めたとき……」

「アリシア様が現れたのですね」

ぽつりぽつりと話し始める少女。

気がつけば、リリアナが嬉しそうに口を挟んでいた。

ミスト砦。それは私が魔王城で蘇《よみがえ》り、初めて戦いに向かった砦の名前だ。フローラという悪女を懲らしめるため、復讐のため、無理を言って戦いに加えてもらったのだ。

「じゃあライラさんも、あの戦いに参加していたんですね？」

こくりと少女は頷くと、

「今でも鮮明に思い出せるのじゃ。優しい光に包み込まれて、気がついたら傷が治っていて――ああ、あれはまさしく神の奇跡だったのじゃ」

「やめてください。ただの成り行きですから……」

感謝の言葉なら、あの場でたくさん言われている。

ライラの話しぶりは、どこか誇張気味に聞こえて気恥ずかしかった。

「奇跡を起こしたアリシア様は、そのまま一瞬で敵の指揮官を捕縛して戦いを終わりに導いたと聞いた。美しい慈悲深さと、鬼神のごとき強さ――その話を聞いて、わらわは一生を捧《ささ》げるに値する主人を見つけたと思ったのじゃ！」

「……その話、詳しく！」

なぜか、リリアナが食い付いた⁉

入隊希望者を面談していたはずが、なぜか私の活躍を語り合う場になってしまった。真正面からの称賛には未だに慣れず、私はいたたまれない気持ちになる。

「――だからわらわは、聖アリシア隊への配属を希望したのじゃ」

「よくよく気持ちは分かりました。よし、採用！」

「ちょっ、リリアナ⁉」

そして、その謎の二つ名は何⁉

私の内心の悲鳴をよそに、ライラとリリアナはすっかり意気投合していた。

うむむ、採用か……。正直なところ、それは少し困るのだ。仕方ないと一応は面談だけはしているけど、私としては新たに特務隊の人間を増やすつもりはないのだから。

「ライラちゃん、だっけ？」

「はい、主《あるじ》！」

「私の一番の目的は、王国への復讐。そのことは知ってますよね？」

「もちろんなのじゃ。王国に手ひどく裏切られたこと――アリシア様にした仕打ち。絶対に許すことはできないのじゃ！」

私が王国で裏切られて復讐を願っていることは、一部の魔族の間では有名らしい。

「私は復讐のために生きてます」

私の言葉に、ごくり、とライラはつばを飲んだ。

「きっと私は、いざとなったら自分の部隊の人間でも容赦なく見捨てます。おとりになれと命令するかもしれない――それでしか復讐がなされないと思ったら、私はきっとそうします」

それは、だいぶ誇張した言葉ではあった。

けれどもまるっきり嘘ではない。

誰だって、自分の命は惜しいと思う。私なら、リーダーがこんなことを言う狂った部隊はお断りだ。入りたいと思う人など、誰もいないだろう。

この刃《やいば》が届くのなら、誰かを犠牲にすることをきっと私は躊躇《ちゅうちょ》しない。こう言っておけば、好き好んで入隊を希望する人間なんていないだろう。そう思っていたのに……、

「それぐらいは、覚悟の上なのじゃ！」

「……!?」

狐耳少女の口から予想外の言葉が飛び出し、私は黙り込んでしまう。

「もともと、わらわの人生はミスト砦で終わっていたのじゃ。こうして生きながらえたちっぽけな命――主のためなら、ちっとも惜しくはないのじゃ！」

「えーっと、早まらない方が……」

とりあえず、命は惜しんでほしい。

何やら重たすぎる決意を聞いてしまい、どう断ろうと言葉を選ぶ私をよそに、

「よくぞ言い切りました！　その決意こそ、聖アリシア隊に相応《ふさわ》しい。採用！」

「相応しくないですって！　やばいと思ったら、きちんと逃げてくださいね⁉」

はっ、思わずリリアナに突っ込んでしまった。

恐る恐るライラに視線をうつすと、

「おお、主……なんと慈悲深いのじゃ！」

復讐のために死ぬのは、私、一人でいい。人を巻き込むつもりなんてない――そんな私の気持ちを知ってか知らずか、ライラはぽかんとした顔で私を見ていたが、

「じゃが、主より長生きするなんて、剣神の一族として末代までの恥。アリシア様をおめおめと死なせることがあれば、わらわは責任を取ってこの刀で腹を裂くのじゃ！」

真顔でそんなことを言い出した。

え、この子怖い……。

遠い目になる私と、感動した様子のリリアナ。

結局、ライラの勢いに推されるがまま面談が終わる。

「採用、でいいですよね？」

「……はい」

断る理由も浮かばず。

ライラを見送り、私とリリアナは短く言葉を交わすのだった。

「その……、自分の命を大切にするように、教育はお願いしますね」

「ふふ、あんなことを言っておいて……、アリシア様ったら。はい、任されましたよ」

リリアナがいるし、ユーリだっているのだ。

まあ、一人ぐらい増えたところで大丈夫だろう。

——そんなことを考えていた時代もありました。


数日後。

「アリシア様、随分と優秀な人が集まりましたね！」

「う、うん。まさか全員通過なんて……」

嬉しそうなリリアナに、私はぎこちなく笑みを返す。

たしかに、優秀な人物の希望届が優先して届けられたとは聞いていた。実際に面談してみると、本当に文句のつけようもなかったのだ。

まずもって、高まりすぎた忠誠心が恐ろしい。

ミスト砦で私に助けられたという人、ぶっ潰した奴隷商の犠牲者、王国から流れ着いた難民、私と恨みを同じくする人——理由はそれぞれ、それでも向かう方向は同じで……。
「これは、魔族の方にも有効な訓練を考えないといけませんね」
第十二部隊——総勢五十人ほどだろうか。
特務隊の三十人に加えて、新たに配属された魔族は二十人ほど。明日からの合同訓練に備えて、私はそんなことを考えるのだった。

合同訓練の日。

魔王城前に設けられた訓練場には、第十二部隊のメンバーが勢揃《せいぞろ》いしていた。訓練場は部隊単位での予約が必要だが、イベントや兵たちの訓練に使うための広々としたスペースだ。

「アリシア様、おはようございます！」

「おめでとう、ユーリ。よく似合ってるわ」

「憧れのアリシア様の部隊——頑張ります！」

真っ先にやってきたのは、支給された軍服に身を包んだユーリだ。待ちきれなかったとばかりに、ユーリは楽しそうにキョロキョロと辺りを見渡している。

「その……、アリシア様？　わらわが魔族チームのリーダーで良いのか？」

「いずれは魔族チームと、特務隊チームって括《くく》りもなくしていきたいですけどね」

人間と魔族では、どうしても戦い方が違う。

はじめのうちは、分けて運用した方が上手《うま》くいくと思ったのだ。

ちなみに最初に面談したライラには、魔族チームのリーダーをお願いしてある。戦闘経験が豊富で、上手くまとめてくれるだろうと期待してのことだ。

良くも悪くも幼く素直であり、メンバーの意見を上手く聞いて反映してくれるだろうという期待もある。指揮官向きという魔族は、なかなかいないのが実情なのだ。

「アリシア様、今日は何をするんですか？」

「そうですね。一度、皆さんの癖を見るために、模擬戦をしてみようかなと」

今日やることは、リリアナにも伝えていなかった。

なんとなく、そんな無茶を――と怒られそうな気がしたのだ。

今日の私は、久々に黒いドレスに身を包み、巨大な鎌を手にしている。魔族として蘇ってからはスタンダードになった戦闘スタイルだ。

特務隊の人々は、珍しいものでも見るような目で私を見ていた。

「そうですね……。ここを戦場だと思って――私を殺すつもりで本気でかかってきてくださいな」

そう声をかけ、私は訓練場の中央に向かう。

「し、しかし……」

「いくらアリシア様といっても、この人数では――」

「あら、戦場ではこの十倍の人数を相手にしましたよ？」

不思議そうに小首を傾げ、

「心配しなくても大丈夫です。あなたたちでは、私に傷一つ付けることはできませんから」

そう、私は優雅に微笑んでみせた。

反応は様々だった。

「いくらアリシア様といえど、我々を侮辱することは……！」

不快そうに顔をしかめてた者もいれば、

「待ってください！　これは、アリシア様の罠《わな》！」

そう呼び止めようとする者もいた。

「主との手合わせ！　いざ、尋常に参るのじゃ！」

一方、チームリーダーことライラは、闘争本能に突き動かされたように私に飛びかかってきた。


――早いっ！

さすがは砦を渡り歩き、戦闘慣れしているだけのことはある。

だが、それだけ。

「甘いっ！」

動きは直線的で読みやすい。

私は、ライラの一太刀を受け流し、至近距離で聖魔法を放つ。

「なんなのじゃ⁉」

簡単な目眩《めくら》ましだが、目の良い獣人族に効果はてきめん。

一瞬の隙をついて、私はライラの背後に回り込み、そのまま捕縛魔法をかけて拘束する。

「どりゃあああ！」

「覚悟っ！」

次に、背後から突っ込んできた魔族たちを軽くいなす。

軽くかわしてやるだけで、あろうことか同士討ちするような形になったのだ。勢い余って真正面からぶつかりあった二人を、そのままとめて拘束する。

「うう。やっぱりアリシア様、強すぎる……」

「これが聖アリシア隊の洗礼っ！」

ひっくり返された魔族たちが、何やら呻《うめ》いていた。

たしかに魔族たちの、個々の戦力は強力だ。しかし、連携や支援にはとことん慣れていない

――特務隊時代に、敵として何度も戦ったからこそ気がついていた弱点だ。

「想像通りですね」

その後も、私は、訓練場の中を軽く駆けながら魔族たちを拘束していった。わずか数分のうちに鎌を振るうこともなく、ほぼすべての魔族たちを無力化することに成功してしまう。

やがて最後に残ったのは、

「ユーリ?」

「アリシア様、胸をお借りします!」

いつもの気弱な様子は、どこにもなく。

犬耳少年のユーリは、どこか誇らしげな様子で自らの得物を取り出し、私と向き合った。

ユーリの武器は、小振りの双剣だった。

魔力が込められた短刀は小回りが利き、小柄なユーリには適している。

自分に力がないことを嘆き、魔王軍の門徒となったユーリ。この短期間で、どんな戦い方を会得したのだろう――少しだけ楽しみだった。

もっとも、今、私情に流される訳にはいかないけど。

「やあぁぁ!」

だから掛け声とともにユーリが突っ込んできたとき、少しだけがっかりしたのが本音だ。

今までのように弾《はじ》いて、拘束しようとして――

「なッ！」

わずかに感じた魔力の気配。

馬鹿な。魔法を使うタイプの相手ではなかったし、たしかに拘束したはず。

その魔法は、巧妙に気配が隠されていた。

意表を突かれつつも、私はとっさに魔力の塊をかわし——それは、魔力でできた短刀だった。

ユーリは短刀を生み出し、遠隔操作して私に差し向けたのだ。

短刀は、そのままユーリの手元に戻ったが……、

「さすがはアリシア様です。降参です」

目を丸くする私をよそに、ユーリは手を上げて降参のポーズを取るのだった。

「え？　今のはユーリが？」

「はい！　僕、魔力操作だけは上手いって褒めていただいて——どうにか隙を突こうと思ったんですが……、まだまだでしたね」

ユーリは、しょんぼりうなだれた。

しょぼんと、力なく犬耳が垂れて可愛らしい。

「それじゃあ、その手に持ってる短刀は？」

「おとりです。少しでも油断を誘えればな、と——」

「なるほど。それは……見事な作戦でした」

策など練らず、連携も考えず。

力まかせに突っ込んでくる魔族たちと比べて、ユーリのなんとしたたかなことか。

また今までの魔族と同じか――そう思って油断しかけたタイミングといい、隙の突き方といい完璧だった。

「でも全然、まったく届きませんでした。アリシア様は、補助魔法すら使っていない。少しは戦えるようになったと思ってたのに――悔しいです」

「いいえ。一瞬、完全に意表を突かれました。本当に、見事でしたよ」

悔しそうなユーリを見て、思わず頭を撫《な》でそうになって自嘲する。いくら顔馴染みだからといって、こういう場では私情を挟んではいけない。

だとしても、良かったことを伝えるのは大切だ。私がなんと言おうか迷っていると、

「しかも他の皆さんと違って、不意打ちなんて汚い真似をして、この結果――」

「汚い真似？」

ユーリは、本気でそんなことを思っているのだろうか。

「それは違いますよ？　自分のやれることの中から、最適な作戦を練る。今の魔族にとって、とても大切なことです。ユーリ、その考え方を大事にしてくださいね？」

魔族の価値観では、それは恥ずべきことなのだろうか？

だとしたら、まずその考え方を改めてもらう必要がある。

弱者——人類が、魔族と渡り合えてきたのは、自らが弱者であることを自覚し、戦力差を埋めるために工夫してきたことによるのだから。

それから私は、魔族たちの拘束を解いていく。

今の魔族たちに足りていないものは、明白だった。

「なんとなく分かりました」

パンパンと手を叩いて集合してもらい、私は魔族たちに声をかけていく。

戦い方の癖は、さっきの戦いを見れば明らかだ。まずは、それぞれの魔族たちに、その癖を直すように伝えていく。個々の技術の向上のためだ。

「あれだけの数と戦いながら、そんなところまで見る余裕が⁉」

「こ、これが王国の聖女！」

一人ひとりにアドバイスしていたら、なぜか目をまんまるにされてしまった。特務隊時代、魔族の習性を読み取ろうとする習慣がついていたが、それが役に立ったのだろう。

「それで、何よりあなたたちに足りないものは——」

全員にひと通りのアドバイスを終え、私はおもむろに口を開くのだった。

「「「れん、けい？」」」

私の言葉を聞いて、きょとんと首を傾げる魔族たち。

そんな概念は初めて聞いたと言わんばかりの様子に、頭が痛くなる。

「勝てないなと思った相手にあったとき、今まではどうしてきたんですか？」

「もちろん、真正面からぶつかってみるまでじゃ。わらわの方が強ければ生き残って、相手の方が強ければ死ぬ。それだけのことじゃ」

なぜか胸を張って答えるライラ。

たしかに自然の摂理である。ライラが発した言葉に、誰も異を唱えない。それが魔族たちにとっての常識なのだろう。

「相手の方が強くて、それでも生き残らないといけない場合は？」

「逃げるが勝ちじゃ！」

「囲まれてて逃げられないなら？」

「それは——」

ライラは、困ったように口ごもる。

「そんな状況で生き残れるように考えるのが、私やライラ……。リーダーが考えるべきことなの」

「むう……、分かったのじゃ！」

これで反対されたら、魔族と人間で価値観を同じくするのは大変そうだ——そう思っていたけれど、どうやら杞憂《きゆう》で済みそうだ。

私の言葉に、ライラはしっかりと頷いてみせた。

「たとえば、ユーリの戦い方は良かったと思います。自分のやれることと、相手の強さをきちんと認識して、その上でやれる最善のことをやっていたと思います」

「アリシア様には、あっさり防がれました……」

「結果的には、ですけどね。そうですね――まずは、そういう力だけに頼らない戦い方を、みんなで少しずつ探してみてください」

連携とは己に足りない部分を補い合うために、他者と協力することだ。そもそも自分の強みや足りない部分を知らずに工夫することもなければ、たどり着きようがないだろう。

「そんなに悩まないで大丈夫ですよ。少しずつ、少しずつやっていきましょう」

「それが人間の強さ、なのじゃな――」

難しい顔をして黙り込んでしまった魔族たち。

そんな空気をやわらげるように、リリアナがライラを励まそうと話しかけていた。

「まずはアリシア様の考案された、色々な作戦を試していくのが良いと思います。ライラさん、よろしければこの後、図書館に行って――」

「うう、頭を使うのは嫌いなのじゃ……」

「なら、アリシア様直筆の戦術指南書も要らないんですね？」

「（ガタッ！）それは読むのじゃ！」

何しているんだ、あの二人……。

模擬戦が終わり、不思議と特務隊メンバーと魔族の新メンバーの間に交流が生まれつつある。

そうして和やかな空気が流れかけたとき、

「あら～？　随分と、無駄なことやってるのね～」

その空気をぶち壊すような冷ややかな声が響いた。

声の主《ぬし》は、フローラだ。

王国で私を処刑に追いやった張本人であり、ミスト砦の戦いで敗北し魔王軍の手に落ちた王国の聖女だ。殺すか聖女の力を測るための道具とするか、魔王城では扱いに悩んでいた。最終的には、私が従属紋を施し奴隷とすることになった。

フローラには、従属紋を通じて特務隊のメンバーに従うようにと命令を出している。日々、特務隊でこき使われているはずだ。

そんなフローラは、煽《あお》るように口を挟んできた。

「弱っちい人は、何やっても敗北者。そこの犬耳少年も、結局、手も足も出なかったじゃない」

フローラが矛先を向けたのは、ユーリだった。

ユーリが、自分より弱いと見ての言葉だろう。フローラは、いちゃもんをつけて悲しむ相手を嘲笑《あざわら》おうと考えているのだ。

その目論見は、あっさり空振りすることになる。

「あなたはつまらない人ですね」

「なんですって⁉」

「アリシア様には敵《かな》わないから、僕に声をかけてきたんですね」

図星だったのだろう。

黙り込むフローラに、

「弱っちいからこそ、あがくんです——何者かになりたくて」

ユーリは言葉を重ねていく。

「そんな言葉が僕を傷つけると思ってるなんて。本当に……、つまらない人ですね」

その言葉は、辛辣だった。

強烈なカウンターを喰《く》らい、フローラは口をパクパクさせている。

「虚勢を張っても無駄よ。あなたが誰よりも弱いのは事実で——」

「黙りなさい。誰の許可を得て、口を挟んだのかしら」

なおも何かを言い募るフローラ。

そんな彼女に、リリアナが冷たい目を向けた。

従属紋による命令——それだけでフローラは、強制的に黙らされる。

「申し訳ございません、アリシア様。不快な思いをさせて――あなたは向こうで、倉庫の掃除でもしてなさい」

そうフローラに命じるリリアナ。

そういえば以前、フローラはリリアナを奴隷として酷使していた。今、すっかり立場が逆転しているのは、因果応報といったところだろうか。

立ち去ろうとするフローラを、憎々しげに睨《にら》みつける魔族たち。

――そうだ。

「待ちなさい、フローラ」

腐ってもフローラは、聖女の力を持っている。

仮想の敵としては、もってこいではないだろうか。

「フローラ、明日から魔族のトレーニング相手をしなさい。怪我させるのはなし――模擬戦ではできるだけ傷つけず、無傷で捕縛なさい」

「ふざけないで。なんで私がそんなことを！」

フローラが、ぎりりと憎しみのこもった視線で私を睨んできた。今のフローラは、ただ命令に従うしかない立場だ。そう分かっていながらも、やはり感情は別なのだろう。

「何か文句あるの？」

「ッ――申し訳ございません」

私がギロリと睨みつけると、フローラは途端に怯《おび》えた表情になった。

「でも魔族のトレーニング相手なんて――私、殺されてしまいます」

私の表情を窺いながら、フローラは恐る恐る口を開く。

「知ったことじゃないわ」

もともと死ぬまでこき使う間柄。

訓練を命じて死んでしまったら、それまでというだけだ。

「鬱陶しいわね。『あなたは明日から魔族のトレーニング相手をする。魔族たちの気が済むまで――』……じゃあ、よろしく」

「かしこまりました」

そう言いながらも、フローラは憎しみのこもった目で私を見てくる。

それでも従属紋を通じた命令に、フローラは決して逆らうことができないのだ。

私の見立てでは、今の魔族たちとフローラなら恐らくフローラの方が強い。

あまり連携に乗り気でなかった魔族たちも、フローラを倒すためなら全力を尽くすだろう。

魔族たちの士気は限りなく高く、理想的な強さの相手だろう。

「ふう。いい訓練法が見つかって良かった」

私は満足して、特務隊の面々と合流するのだった。

「……うそでしょ？」

そんなフローラの呟《つぶや》きを背中に受けながら。

第二章　魔王様の大切な人

翌日、私は訓練場を訪れていた。

ライラたちが真面目に訓練しているか気になったのと、フローラを監視するためだ。

「あははは、聖アリシア隊なんて言って——その程度なの？」

目的地にたどり着いた私が見たのは、魔族たちをなぎ倒して、訓練場の中央で高笑いするフローラの姿だった。

実に、いい笑みを浮かべている。

「おのれ、ニセ聖女の癖に！」

「くそっ、なぜ届かない……！」

地に伏した魔族たちが、悔しそうに呻《うめ》いていた。

「今のアプローチは良かったですよ。タイミングを合わせて襲いかかるだけでも、随分と対応しづらそうにしてましたからね」

「じゃが、最後にはあっさりかわされたぞ。いったい、どうすれば良いのじゃ⁉」

「これだけ人数がいるんです。いいですか、相手の隙を突くんです」

戦闘の内容をもとに、リリアナがアドバイスしている。魔族たちは苦手とする連携を練習するために、色々と我慢してきたのだろう。不満も溜《た》まっているはずだが、不思議と彼らが不平を口にすることはなかった。

戦えるようになってきた実感があるからだろう。

「もう一回、もう一回なのじゃ！」

「まだやるつもりなの？　いい加減に諦めてくれないかしら」

「命令じゃ、これは命令じゃぞ！」

「ちっ……。面倒な――」

フローラは、意外にも真面目に役割をこなしているようだ。

もちろん、従属紋の命令に逆らえないというのもあるだろう。それでも鬱憤晴らしなのか、ノリノリで訓練を引き受けているように見えた。


「あ、アリシア様！」

私が興味深く眺めていると、リリアナが隊員を連れて嬉《うれ》しそうに駆け寄ってきた。

「今日は何の用ですか？」

「いえ。訓練が上手《うま》くいってるか確認しようと思って」

「それなら心配いりませんね。ライラさんを筆頭に、皆さんやる気に満ち溢《あふ》れてます！」

「ええ、殺《ヤ》る気に満ち溢れてるわね……」

どりゃあああ、と魔族たちの咆哮《ほうこう》が聞こえてきた。

煽《あお》るようなことを口にしたフローラだったが、魔族たちの本気の殺意のこもった拳が迫り、涙目になっていた。必死の形相で回避しながら、無力化に成功しているのは、聖女を名乗った者の意地といったところか。

「フローラ、意外と真面目にやってるのね」

「あー、それは副長が初日に決闘でボッコボコにしたのも関係しているかもしれませんね」

「こほん。アリシア様の前で、余計なこと言わないでください！」

そばに来ていた特務隊隊員の言葉に、恥ずかしそうにリリアナが突っ込む。

「ええっと、ボッコボコに？」

「元奴隷どもが、何を一丁前に教官を気取ってるのなんて仲間を馬鹿にされて——つい」

「あー、なるほど……」

不穏な言葉に眉をひそめたが、なんてことはなくフローラの自業自得だった。

リリアナとフローラなら、そりゃリリアナの方が圧倒的に強い。優位に立とうとしてきたフローラを相手に、逆に決闘という形で格の差を見せつけたらしい。

それからというもの従属紋に関係なく、フローラはリリアナには頭が上がらないとか。

「リリアナは、あいつのことが憎くないんですか？　もっと、復讐を——奴隷として、酷《ひど》くこき使ってるのかと思ってました」

「そりゃ憎いですよ。アリシア様をあんな目に遭わせて、私たちだって――」

私の質問に、リリアナは淡々と答えた。

「だからといって、私たちがあいつと同じ場所まで堕《お》ちる必要はない。そう思ったんです」

「私は、構わないと思うけど」

「だとしても、ですよ。あいつが何を言っていても気にせず、相手にせず、ただ同じ隊の隊員として働かせること。あいつのことを考えないこと！　それが、私にとっての復讐です」

そう話すリリアナの顔は、晴れやかだった。

「そういう、ものですか――」

リリアナの中で、結論が出たのだろう。

過去の出来事とどう向き合うか――それは、本人にしか導き出せないことだ。


それから私は、久々に特務隊の面々の訓練に交ざることにした。

まずは体力作りの基礎トレーニング。軽く走り込み、続いて魔力制御の練習に移る。ほどよく汗をかいたところで、今日は一対一での模擬戦をすることになった。

「リリアナ、久々にどう？」

「喜んで。手加減はしませんよ！」

特務隊で、私と一番実力が近いのはリリアナだ。

こうしてともに訓練できる喜びを分かち合うように、私たちは武器をぶつけ合う。王国の陰謀に巻き込まれた直後には、二度と叶わぬだろうと思った時間だ。

こうして、敵地で蘇《よみがえ》ったのに。戦わなくていいと言われても、結局、私はこうして武器を手にしている。こうして武器を振るっていると落ち着くのだ。

それにしても、リリアナもまた腕を上げましたね。

感慨深くリリアナと対峙《たいじ》していると、

「ところでアリシア様、魔王様とはどこまで進んだのですか？」

なんかリリアナが、そんなことを言い出した！

「ぶはっ……!?　リリアナ!?」

「隙ありっ！」

しまっ――！

むせる私に、リリアナが魔法で追撃をしかけてきた。くるくるっと鎌が弾《はじ》かれ、気がつけば武器を突きつけられていた。

「ふふ、アリシア様の意外な弱点見つけちゃいました」

「む～……、卑怯《ひきょう》ですよ⁉」

ぶす～っとふくれっ面になる私。とはいえ、負けは負けだ。

そういえばリリアナは、昔から私の気を逸《そ》らす作戦を多用していたっけ。珍しいきのこが生えていますよ～、なんて誘いに引っかかっていた私も私だけど……。

どこか子供っぽい仕草で負けを認める私を、リリアナは呆《あき》れたような目で見てきた。こんなやり取りすらも、どこか懐かしい。

とりあえず言っておくべきこととしては！

「別に私とアルベルトは、そんなんじゃないですからね！　まったく……、リリアナったら、いきなり何を言い出すかと思えば――」

「ごめんなさい、まさかそこまで反応するとは……」

リリアナは面白そうに、目を瞬《またた》かせているようだった。


それから私たちは、他愛のない話をした。

「魔王様はよくしてくださって不満はないのですが、どうにも魔道具が手に入りづらいのが難点ですね――」

魔族の間では、魔道具が広く浸透しているとは言い難いのが実情だ。

通信用の魔道具など、一部の高級な魔道具は存在している。しかし、一般人の生活や、魔王軍の中でも一般兵には流通していない。

人類と魔族では、基本的には魔族の方が身体能力は優れている。

その差を埋めるために、私たち人間は戦術や補助魔術を駆使してきたわけだが、魔族たちはあまりその重要性に気がついていないようだった。

「アリシア様の作った魔道具が奪われてしまったのが、手痛いですね」

「大量に作れる物じゃありませんしね」

特務隊時代に用意した魔道具は、捕らわれたときに一つ残らず奪われてしまった。魔道具を生かした戦い方をしてきた私たちにとって、それは死活問題である。

「う～ん。研究棟の方たちに頼めば、手に入りますかね」

訓練を終えた私たちは、そのまま研究棟に向かうのだった。

◈ ◈ ◈ ◈ ◈

「おまえは！　軍部の人間が、いったいなんの用だ？」

研究棟の入り口にいた魔族たちは、警戒した目で私たちを見てきた。

魔王軍の面々と研究棟の研究員は、お世辞にも仲が良いとは言えない。

「そんなに警戒しないでください」

警戒した様子でこちらを睨《にら》んでくる相手に、私はあくまでにこやかに話しかける。

「少し、魔道具を見せてほしいと思っただけですよ」

「軍の人間が、なんのつもりだ？」

「そうだそうだ！　くだらん発明だと、散々馬鹿にしてきたのはおまえらだろう」

研究棟の面々は、嫌そうな顔を隠しもしない。

中でも代表と思《おぼ》しき蛙《かえる》顔の魔族――名は、フレッグというらしい――は、警戒した目で私を見てきた。

……魔王軍と研究棟の職員の仲が悪いのは知っていたが、ここまでとは。

「本当にただ、戦地に持っていく魔道具を見繕いたいだけですよ」

「……は？　戦地に魔道具を持っていく？」

私の言葉に、フレッグは信じられないと目を見開いた。

「騙《だま》されないぞ！　おまえらはいつも、我らの発明品を、くだらぬガラクタだと切って捨てていただろう！」

「それが信じられないのですが。魔族は本気で戦いで魔道具を使わないのですか？」

「ああ。自分でやった方が早い、と言ってな――」

魔族たちは、己の肉体で戦うことを美徳としている。

細かい立ち回りも、道具に頼った小細工も不要――真正面から、圧倒的な力で敵を粉砕することに喜びを覚えるという。私の常識からすれば、考えられないことだ。

そのような価値観が浸透していたのだ。研究棟の中でも、戦闘用に魔道具を開発していた彼らは、ずっと逆境に立たされているとフレッグは語った。

それは――非常にもったいない話だ。

「私たちは、戦いで魔道具を使います。手持ちがなくなって困ってたんです――協力していただけませんか？」

「……は？」

フレッグは、呆然《ぼうぜん》と目を瞬かせた。

実のところ、彼らにとってこの提案は魅力的なものだった。

彼らの悲願は、魔王軍の誰かに、魔道具の戦いでの有用性を認めさせること。降って湧いたアリシアの提案は、これ以上ないほどにはできすぎた話であり……、だからこそ素直に信じられることもなかった。

「本気で言ってるのか？」

結局、提案にはよそよそしい言葉が返ってくる。

「もちろん、ただで貸してほしいとは言いません」

一方、私としてはその反応は想定内。

交渉ごとは、相手にとってのメリットを提示するのが基本。一方的に魔道具を提供してもらうだけの提案が、受け入れられるとは思っていなかった。

私が思い出したのは、昼間の光景だ。

どうやら彼らは、光属性の魔力に興味があるらしい。

「もし魔道具を貸与していただけるのなら、時間が許す限り私も研究に協力します」

「え、アリシア様⁉」

「なんて恐ろしいことを言うんだ⁉」

リリアナとフレッグに、恐ろしい勢いで止められてしまった。

「アリシア様を、怪しげな研究に協力させるなんて……！　何が起きるか分かりません、絶対にいけません！」

「まったくもってその通りだ！　まったく、魔王様の大切な人に何かあったらと思うと……、ああ、恐ろしい――」

ぶつぶつと呟《つぶや》く、蛙顔のリーダー。

集まっていた職員たちも、ぶんぶんと首を振っていた。

大切な、人……？　たしかにアルベルトは、私によくしてくれている。だけどもそれは、王国の聖女に対する興味の延長上であり、興味深く観察しているという方が正しいだろう。

いったい、どこから生じた誤解なのだろう。

リリアナだって、模擬戦では、とんでもない勘違いから私をからかってきたし――はてと、私は首をひねるのだった。

「なら、せめて加工場を見せていただくだけでも――」

「おまえ、本当に魔道具に興味があるのか？」

「最初から、そう言ってるじゃありませんか……」

未《いま》だに半信半疑な様子の職員たちを押し切る形で。

私は、研究棟の内部に案内してもらうのだった。


「室長、どうしますか？（ヒソヒソ）」

「魔王様のお気に入りか。何か手柄をほっしているのだろうな（ヒソヒソ）」

「ふん。魔道具に興味もないくせに。よくもいけしゃあしゃあと（ヒソヒソ）」

「そうだな、軽くおどかして、お帰りいただこうか（ヒソヒソ）」

そんなささやきが交わされていることには、気づく余地もなかった。


「わあ、すごい設備！」

魔道具の加工場に入り、私は柄にもなくはしゃいでしまった。

一応、私も自分で魔道具は作る身だ。

旅先でも使う簡易的な道具は持っていたが、専門の設備を見るのは初めてだ。

王国時代は、身分の低い者が立ち入るなとか、理不尽な理由で部屋に入れてもらうことすら許されなかったし……。

「楽しそうですね、アリシア様……」

「はい！　これだけの設備があれば、もっと精密な術式を刻み込むことだってできますし！」

テンションが上がってしまった私を、リリアナがじとーっとした目で見ていた。

「こほん。手軽に使える身体強化の魔道具を見たいのですが――」

「身体強化の魔道具、だと？」

何を言ってるんだこいつは、という顔で見られてしまった。

オーソドックスな魔道具は、ベースとなる魔石にトリガーとなる術式を刻むことで作られる。

私は遠目から施術を覗《のぞ》き込み、ギョッとする。

「ええっと、なるほど……」

作られていたのは――ただの爆弾のようなものだ。

魔力を注ぎ込み、一定時間後に起爆させるというシンプルな術式だ。

興味深くはあった。少なくとも決定力に欠く私たちには、かなり魅力的な魔道具だ。同時に、思い出したのは、魔道具を戦闘で使うことはないという言葉だ。

魔族にとって魔法とは、純粋な力をぶつけて破壊するものが中心。絡め手を好む魔族も、使うのは呪詛《じゅそ》式を刻み込むぐらいなのだろう。

自分でやった方が早い——その言葉にも納得できてしまう。

身体強化の魔法は、火魔法や光魔法を中心とする。生まれ持った闇魔法のみを使う魔族に扱えるはずもなく、当然、そのような技術は発達していなかったのだ。

最初から、この可能性を考慮しておくべきだったか。

少し手間だが、やはり自分たちで魔道具を整備するしかないかもしれない。そんなことを考え込んでいたそのとき、

「アリシア様にピッタリの魔道具をお持ちしました」

「ええっと？」

フレッグたちが、こちらにやって来た。

笑みを浮かべたアシスタントの手には、指輪を模した一つの魔道具が握られていた。

「ええっと、これを身に着ければ良いのですか？」

私は、魔道具に刻まれた術式の効果を読み解く。

どうやら魔力を吸い取り、貯蓄しておくための魔道具のようだった。魔術師にとって魔力は生命線だ。実際、私も昔は愛用していた。

しかし、この魔道具に刻まれた術式は、どうにも効率が悪そうに見える。

これでは吸い出した魔力の半分ぐらいしかストックできないし、そもそも限界を超えたら魔道具が自壊してしまうと思うのだけど……、

「どうしたのですか？」

「いえ、あの……、私が着けても大丈夫なんですよね？」

「ああ。もちろんだよ」

鷹揚《おうよう》にフレッグが頷《うなず》いた。

なら——大丈夫か。私のような素人が見て感じた疑問を、プロが気づかないはずないし。

私は、静かに指輪を装着する。

だ、大丈夫かな？
私は、そろそろと魔道具の魔力を渡していく。
魔力を吸い出そうとするペースに合わせて、なるべく慎重に。それでも…、
ピキピキッ
「なっ⁉」
「嘘《うそ》だろう……⁉」
あっ……、しまったと思う間もなく魔道具にヒビが入る。

そのまま手の施しようもなく、魔道具は粉々に砕け散ってしまった。

「す、すいません！」

やってしまった！

あんぐりと口を開けている研究員を前に、私はぺこぺこと頭を下げる。

ただでさえ研究棟と軍部は仲が悪いのだ。これがきっかけで、更に関係性が悪化したらどうしよう。そんな心配をしていた私だったが、

「それほどの魔力を注いで、体はなんともないのか？」

研究員たちは、なぜか、私の体を心配してきた。

「ええ、別に……？」

「くそっ。魔道具の暴走か？　まさか、こんなになるまで魔力を吸い続けるなんて！」

「あれだけの魔力を渡して、なんでアリシア嬢は平然と立っているんだ⁉」

研究員たちは、混乱した様子で壊れた魔道具と私を交互に見ている。

「さすがはアリシア様！　どうしてくれようと思っていましたが、このような方法で意趣返しするんですね！」

「ご、誤解を招くようなこと言わないでくださいって⁉」

そしてリリアナは、なぜか目を輝かせていた。

弁償を求められるのかな……？

そう不安に思う私だったが、研究員たちは、バツが悪そうな顔でこちらを見てくるのみ。私の視線を受けたフレッグは、重々しく口を開き、

「まさか、このようなことになるとは――」

顛末《てんまつ》を説明し始めた。

「結局、我々は魔王様のお気に入りであるアリシア嬢に、嫉妬していたんですよ」

フレッグが語ったのは、研究員としての苦悩だった。

チームがどんな成果をあげても、その魔道具が日の目を見ることはない。軍が少しでも魔道具に興味を示せば、また話は変わったはずなのに。このままでは、そう遠くない将来、このチームは解散になってしまう。

「え、そんなもったいない⁉」

「……え？」

「あ、いや。すいません――続けてください」

そんな上手くいかない日々の中。

ただでさえ魔王のお気に入りであり、軍でも目覚ましい勢いで小隊長になった私が、白々しい言葉とともに自分の領域に踏み込んできたのだ。

魔道具に興味もない癖に。

「魔力を吸い取る魔道具を渡して、ちょっぴり脅かせば逃げ帰ると思っていたんですけどね」

「まったく。アリシア様になんてことを！」

「返す言葉もありません。ですが、私のくだらない嫉妬に付き合わされた彼らに責任はありません――罰なら、どうか私一人に」

フレッグが、深々と頭を下げる。頭を下げるぐらいなら、最初からやらなければいいのに……、と今更言っても仕方のないことか。

別に、実害はない。

どちらかといえば、魔道具を一つ破壊してしまった私の方が悪い。

「アリシア様、どうしますか？」

「いいえ、そうですね――」

室内の魔族が私を見る目には、どことなく畏怖が混じっている。

自分のしたことを恐れ、得体の知れない力を見せた私に怯《おび》えるような視線――面倒くさい。

脅して言うことを聞かせてしまおうか、とも、私は一瞬考えた。

罪悪感につけこんで、ここを使わせてほしいと命令すれば、きっと許可をもらえるだろう。

「いいえ、それは良くありませんね」

魔族として復活した直後の私なら、強硬手段に出ていたかもしれない。

だけど魔族たちに力を貸すと決めた今、少し冷静に考える必要がある。味方は多い方が良い
――思い出すのは、分かり合うことを諦めてはいけないよ、という孤児院長の言葉。

もちろん、私たち特務隊が舐《な》められてはいけない。

私は、考え込みながら魔術式を空中に描いていく。

描いたのは、先ほどの魔道具に刻まれていた術式の一部だ。

「なっ⁉　どこでその設計図を知った⁉」

「設計図なんて見るまでもありません。一度見れば、この程度の術式は理解できますが？」

「ば、馬鹿なっ！」

ギョッとした顔で、フレッグは目を見開いた。

そんな様子に頓着せず、私は、刻まれた術式を見て思ったことを口にしていく。

「ここの術式、変換効率が悪すぎますね」

「…………は？」

「ここをこうするだけで、魔力が円滑に流れるとは思いませんか？」

「た、たしかに！」

私は、魔術式を小さく書き換えていく。

私に怯えるばかりだった研究員が、興味深そうに覗き込んできた。

良い傾向だ。

「そもそも、ここの術式は束ねられます。ここを、こうして、こうすれば——こんな感じに小型化できると思います」

「おぉぉ！」

最終的に生まれた魔術式を見て、研究員たちが感嘆の声を漏らした。中には、熱心にメモを取っている者までいる。

私の魔術式の知識は、本の知識を基にした独学だ。

現役のプロから見れば、大したものではないだろうに。きっと王国の技術が、魔王城では珍しく映ったのだろう。

これで少しは、私が本気で特務隊で魔道具を使いたいと願っていることは伝わっただろうか。

「いや、アリシア様の術式アレンジは、王国でも五本の指に入っていたと思いますよ」

「リリアナは大げさですって……」

リリアナは、なぜかじとーっとした目で私を見てくるのだった。

「ここを、こうして――こう！」

「な、なるほど！」

数時間後。

私は――研究棟の面々と、魔道具の術式について熱く語り合っていた！

時間は深夜になろうとしていたが、私も研究員たちもすっかり夢中になっていた。

「いっそのこと威力だけを求めるなら、もっと術式を増やしても良いかもしれませんね？」

「そ、そんなことをしたら、扱いを間違えると自爆してしまうのでは⁉」

「ふっふっふ、そこはですね――」

実のところ、魔道具いじりは数少ない私の趣味である。

闇魔法を中心に栄えた魔族の魔道具は、私にとっては物珍しく興味は尽きない。

「さすがは王国の聖女！　魔術式にここまで精通しておられるとは！」

「褒めても何も出ませんよ？　私も魔族の術式をこの目で見られて、とても楽しいです！」

「はっはっは、そうだろう、そうだろう！」

「アリシア様、そろそろお時間が――」

リリアナが、おずおずと声をかけてきた。

あっと、いけない。明日も訓練があるのに、ついつい夢中になりすぎてしまったようだ。

ここに来た、当初の目的は――

「その……、こんなものを作ってほしいのですが――」

記憶を頼りに、私は空中にいくつかの魔術式を描き出した。

私がここに来たのは、魔道具を新調するためだ。私がせっせと作って特務隊のみんなに渡していた魔道具は、王国での事件で失われてしまったのだ。またイチから作り直していては、時間がかかりすぎる。確かな腕を持つ者の助けがほしかったのだ。

研究棟と言いつつ、作っていたものはシンプルな魔術式が刻まれた爆弾のみ。最初は魔道具作りを任せていいのか、不安も大きかった。しかしこうして話し合った今、ここにいる研究員たちの腕は確かなものだと確信していた。

「見たことのない術式ですな。それは？」

「以前、私たちが使っていた魔道具の術式です。できる限り小型化して、せっかくなので量産できればと――」

報酬は、特務隊の経費から落とすとして……。

私の提案に、研究員たちはあんぐりと口を開いていた。

さ、さすがに、こんな急な依頼は迷惑ですよね。

「それは――王国の聖女の魔道具の術式⁉」

「そんな情報を我々に教えても大丈夫なのですか？」

と思ったら、全然、別の理由だった。

「私たちは、ともに王国と戦うパートナーです。知ってる知識を提供するのは当然ですよ」

「そう、……そうだな」

私の言葉に、フレッグは感慨深そうに頷くのだった。

思えば王国では、足の引っ張りあいに巻き込まれ、真っ当な成果は誰にも認められず。どうしてあの人たちは、誰も大切なもののために協力しようと思えないのだろう。

「依頼、たしかに承った。我々が、できる限り協力しよう」

私の頼みを受けて、フレッグが力強くそう言い切るのだった。


数日後。

私の執務室には、研究棟の面々が寄越した魔道具のサンプルがいくつか届けられた。

「アリシア様、どうですか？」

「少々のチューニングは必要そうですが——バッチリです。私たち用の術式と——こっちは……、魔族用の物ですね」

私が、魔道具を手に取ると、リリアナが恐る恐るといった表情で手に取った。

それは簡素な金属板に、魔術式を刻み込んだだけのシンプルな作りだ。恐らくは試作品なのだろうが、彫られた魔術式の精度は十分に見える。

「リリアナ、どう思いますか？」

「はい。相変わらずアリシア様の術式は美しいなと——」

「いや、そうじゃなくて……」

大真面目な顔でボケるリリアナに突っ込みつつ、

「使い物になると思いますか？」

「真面目に分析するなら――アリシア様の規格外の魔道具に比べれば、どうしても効率は下がりますが……、十分だとは思います」

「やっぱり、使い慣れた魔道具が一番ですからね」

リリアナの大げさな褒め言葉は置いておいて、私も自分で作った方が扱いやすいと感じていた。それでも、実戦で使えないことはないと思う。

「よし、そうと決まれば行きましょうか！」

「どこに？」

「まずはライラたちに、魔道具のありがたさを理解してもらわないとですからね」


そうしてやってきた訓練場。

魔道具の試験運用と言って、私は無理言ってフレッグにも付いてきてもらっていた。

「うん、うん。やってるね」

今日も今日とて、ライラたちはフローラ相手に悪戦苦闘していた。

相手をおちょくり、分断し――絡め手を好むフローラの戦い方は、真っ直ぐな戦いを好む魔族には天敵とも言えるものだ。

「皆さん、少し集まってください」

「おお、主《あるじ》！」

ぴょこっと狐耳を弾ませながら、ライラが近づいてくる。

「今日は、ちょっと試してほしいことがあって」

「なんじゃ、なんじゃ？」

不思議そうに首を傾《かし》げるライラの手に、私は魔道具をそっと握らせる。

「これは……、わらわたちには必要ないものじゃぞ」

「まあまあ、そう言わずに――」

それは簡単な支援効果を発動させる魔道具だ。

「魔力を込めたら爆発するのじゃろう？　噂《うわさ》は散々聞いたのじゃ」

「いやいや。爆発なんてしませんから」

誰ですか、そんな噂を広めたのは。

じとーっと見つめると、何人かの魔族が気まずそうに目をそらした。

たしかに研究棟では、最終的には爆弾のように使う魔道具を中心に研究されていた。まずはそのイメージを払拭する必要があるのかもしれない。

「少し魔力を込めてください」

「こうか？」

訝《いぶか》しげな顔をするライラ。

それでも、恐る恐るといった様子で魔力を注ぎ込み、

「な、なんなのじゃこれは⁉」

驚愕《きょうがく》の表情で、目を瞬かせる。魔道具から温かい光が立ち上り、ライラを包み込んだのだ。

魔道具に刻み込まれた支援魔法が発動した証《あかし》である。

——良かった。

闇属性の魔力を、内部で変換する機構。机上の空論にならず、ちゃんと成功したようだ。

「どう、ライラちゃん？」

「凄《すご》いのじゃ！　体が羽のように軽いのじゃ！」

ライラは、嬉しそうにその場で飛び跳ねていたが、

「お覚悟なのじゃ！」

目にも留まらぬ速さで、フローラに斬りかかっていった。

「な、何よその速度は！」

かろうじて反応したフローラであったが、その瞳には驚愕の色が覗く。

「ほれほれ、どうしたのじゃ⁉　いつもより、動きが鈍く見えるぞ？」

「しゃらくさいっ！」

フローラが杖を振るうと、その周囲を覆うように火柱が立ち昇る。ヒットアンドアウェイを繰り返すライラを、一気に倒そうという魔法であったが、

「甘いのじゃ！」

「はあぁぁ⁉」

ライラは驚異的な反応でもって、回避してみせた。

くるくるっと宙返りしながら、こちらに戻ってきたライラは、

「なんなのじゃこれは⁉」

目を輝かせて、私にそう問いかけた。

ライラは、もともと、傭兵《ようへい》として活躍していた少女だ。魔道具への偏見も、他の魔族ほど浸透していなかったのだろう。

「なんだ今の⁉」

「ライラ、ちょっとそれ貸してくれ！」

「俺も、俺も！　アリシア様からの贈り物使ってみたい！」

そしてライラの素直な反応は、他の魔族たちの興味を引き出すことにも成功する。

「それを説明するのは――」

「そうですね。私から説明しましょうか」

一歩前に出たのは、研究棟のチームリーダーであるフレッグだ。

「その魔道具は、アリシア嬢の依頼を受けて用意していたものです」

フレッグは、私が魔道具の提供を依頼したこと、魔道具に刻まれた術式が、私の提供であることを説明していった。

「それじゃあ、そこに刻まれている術式は、アリシア様の発案なのですね⁉」

「おいおい、冗談きついぜ――人間は、こんなものを使って戦ってたというのか？」

「というかアリシア様って、魔術式にも精通しているんですか……」

訓練場にいた魔族から、畏怖と、どこか呆《あき》れの混じった視線が向けられる。

この人、ちょっと話を盛りすぎである。

「精通してるなんて、大げさすぎます。ちょっと気になることを提案しただけで――」

「おいおい、謙遜もすぎれば嫌味だぞ？　最初に見せた魔道具だって、問題点をズバズバ指摘していったじゃないか」

「あれは――ええっと……」

「おまけに、簡単に改善案まで示してみせてよ。その通りに作り直したら、驚くほどに性能が上がったんだ。本当に、軍の人間じゃなかったら迷わず引き抜くところだ」

「冗談きついですって――」

軽く笑い飛ばす私をよそに、

「な⁉　渡さぬぞ！」

「そうです！　アリシア様は、私たち特務隊の大事なリーダーなんですからね！」

ライラとリリアナは、なぜだか慌てた様子で私を引き留めにかかる。

「なるほど、こちらでも随分と慕われているんですね」

「ええっと……」

反応に困った私は、曖昧に笑うのみ。

そんなやり取りを見て、フレッグは穏やかな顔でクスリと笑うのだった。

「おっちゃん、次の魔道具はいつできるんだ？」

「えぇ？　それはだな……、少し急げば一週間後には——」

「ぬうう、待ちきれないのじゃ」

そわそわと尻尾を振るライラ。

すっかり魔道具の虜《とりこ》となってしまったようだ。

更には他の魔族も、魔道具の試作品を使ってみたくて、うずうずしている様子。

「なるほどな……。ちょっと作り方を変えれば、こうも簡単に受け入れられるのだな——」

その様子を見て、フレッグはしみじみと呟くと、

「いいや。魔道具の有用性を示せなかった我らの落ち度か。我らが心血を注いできた研究には、なんの意味もなかったんだな——」

彼は寂しそうに、もう一つの試験用の魔道具に視線を送る。

それは魔族の扱う攻撃魔法を再現する魔道具だ。フレッグたちの研究成果が詰まった技術の結晶でありながら、魔族たちからは爆弾などと揶揄《やゆ》されている。ついぞ誰からも必要とされなかった悲しい魔道具。その様子を見て、

「それは違いますよ」

私は、はっきりとそう答えるのだった。

その魔道具は、たしかに魔族にとっては必要ないものだったのかもしれない。

魔道具は、あくまでできないことを補佐するものだ。魔族たちの扱う魔法は、私たちが不得手とする破壊力に優れたものだ。少しの魔力で大きな破壊力を生み出す魔道具は、私たちにとっては喉から手が出るほどほしいものだった。

「リリアナ、使ってみてください」

「いいんですか？」

渡したのは、特務隊用に用意してもらった爆弾魔道具だ。フレッグは、どこか苦々しい表情でそれを見ていた。彼にとって、これは失敗の象徴となっているのかもしれない。

「魔力を注いで――」

「そろそろですね。遠くに放り投げてください！」

「……っ！」

私の声に応えるように、リリアナが怪しく発光を始めた魔道具を天高く放り投げた。

次の瞬間、轟音《ごうおん》を立てて爆発する。

かなりの高度で爆発したにもかかわらず、振動がこちらにまで伝わってくるほどの破壊力。

やがて沈黙が訪れる。集まっていた魔族たちは、またか、とどこか呆れた表情で。一方、特務隊の面々はあ然とした表情で――それぞれ魔道具を見つめていた。

「長年の研究の成果がこれとはな――アリシア様の術式の素晴らしさを見た後では、なんと見劣りすることか……」

自嘲気味に呟く室長だったが、

「え、ぇぇぇええ⁉」

「嘘ぉ⁉　魔族の魔道具、怖っ！」

そんな言葉は、特務隊の面々から巻き起こったどよめきにかき消される。

予想外の反応だったのだろう。その様子を見て、室長は目を瞬かせた。

「これは、凄いですね」

「ええ。本当に――想像以上です」

そう、これは私たちでは手に入らなかったもの。

リリアナの魔力で、発動させられたことに意味がある。私とリリアナも頷き合う。あの冷静なリリアナが、ここまで取り乱すなんてよっぽどのことだ。

「フレッグさん。この魔道具は素晴らしいものです。特務隊に向けたこれを……、作れるだけ作ってほしいのですが……」

「あんなに素晴らしい魔道具を作れるあなたが、こんなものが必要なのか？」

半信半疑のフレッグだったが、私としても必死だった。なんせこの魔道具があれば、これまでの戦い方は一変する。そんな可能性を、この魔道具は秘めている。

「もちろん、他でもないアリシア様のためなら。喜んで用意しましょう」

「ありがとうございます、フレッグさん！」

魔道具不足という悩みが解決し、私は思わず笑顔になる。

そんな表情を見てフレッグは、

「無駄だと思ったこれで、こんなに喜んでもらえるとはなあ……」

「フレッグさん、無駄になることなんて何もありません。あなたの研究は——間違いなく、私たちが一番ほしかったものです」

こくこくと、特務隊の面々も頷いていた。

補助魔法を駆使して、瞬発力を高めて、不意をついて、弱点を突いて——それでようやく届こうかという威力。少しの魔力を注ぐだけで、容易に生み出せる魔族の魔道具は、私たちにとって革命そのものだった。

フレッグは、自らの成果を誇るでもなく、

「いいえ。我々だけでは、この価値を示すことはできなかったでしょう——あなたが見出してくれたおかげです」

晴れ晴れとした顔で、そう言うのだった。

「室長さん——いえ、フレッグ。末永くお願いしますね」

「わらわのも！　わらわたちにも魔道具を、お願いするのじゃ！」

「これまで馬鹿にして悪かった！　俺も、俺もさっきのやつ使いたい！」

「俺だって――！」

私の提案に、便乗するように口走る魔族たち。

現金な話である。それでも率直な反応は、心から魔道具がほしいと思っている証でもあり、

「ああ。できる限りのことはしよう」

少しだけくたびれた様子で、だけども吹っ切れたような表情で。

フレッグは、深々と頭を下げるのだった。


こうして軍と研究棟のいがみ合いは、一応の決着を見せた。

魔道具の入手先の目処《めど》も立ち。

今度こそ、一件落着かな。――そう思った直後、

『緊急会議を開く。魔王城内にいる幹部は、すぐに会議室に集まるように！　繰り返す――』

聞こえてきたのは、いつになく慌てた様子のアルベルトの声。

「どうしたんでしょう？」

「アリシア様、行ってください」

リリアナに後のことを任せ、私は急ぎ会議室に向かうのだった。

第三章　ディートリンデ砦《とりで》の戦い

会議室に集まった私たちを待ち受けていたのは、耳を疑うような報告だった。

魔王――アルベルトは、ぽつりと一言。

「ディートリンデ砦が……、落ちた」

砦に配備された魔道具からの断片的な情報だった。

その知らせの意味は、あまりにも大きい。

王国と魔族領の境目にあるディートリンデ砦は、魔族にとって防衛の要そのものであった。物資補給のために欠かせない要衝であり、補給が滞れば、王国軍が一気に魔族領になだれ込んでくる可能性がある。万が一にも落ちることは許されない、絶対防衛ラインの一つだったのだ。

だからアルベルトは、もっとも信頼している幹部であるブヒオを送り込んだ。敵兵力を予測し、激戦続きの中、万全を期していた――その上で砦は落ちたのだ。

「ま、まさか……」

「いったい何があったというんだ⁉」

ブヒオが率いる軍は、魔王軍の中でも特に練度が高い。

予想外の知らせに、集まっていた者たちも不安そうに顔を見合わせた。

「アルベルト、ブヒオさんたちは無事なんですか?」

「ああ、兵の一部を失ったが無事——今はダイモーンの里に下がって、戦線を立て直そうとしているそうだ」

「そうですか……、良かった」

こちらの被害は甚大だ。

それでも無事だと聞いて、ほっと安堵《あんど》のため息をついてしまう。

ブヒオとは、一度は決闘した間柄だ。それでも私は、彼の忠義心は立派だと思っていた。それに顔なじみが死ぬのは、やっぱり気持ちが良くないものだ。

「うん、本当に……」

アルベルトは、同じように頷《うなず》く。

彼は、基本的に情に厚い。

敗走など恥——死ぬまで戦うのが美徳。王国ではそんな考え方も浸透していたが(それは、私たち特務隊が使い捨ての駒だっただけかもしれないが)私には、嫌いな考え方だった。

「それにしても、この短時間で陥落するなんて。敵の兵力が、よほどこちらの予想を上回っていたんですか?」

「それが……。どこからともなくレジエンテ軍が現れて、奇襲を受けたらしいんだ」

「レジエンテ、ですか……」

私は、苦々しい思いで、その国の名を呟《つぶや》いた。

宗教国家レジエンテ。私たちに対して宣戦布告してきた相手だ。

以前、私と魔王がぶつかった少女・イルミナを擁する国で——これまで戦場で表立った動きは見せてこなかったが、ついに動きを見せたというのか。

「例の少女が率いていた部隊だってさ——」

アルベルトが、淡々と報告していく。

「第二・第四混成部隊は、見知らぬ部隊からの奇襲を受けた。混乱に乗じて、一気に本隊まで攻め込まれたらしい」

「そんなことが？」

いくら奇襲でも、そんなことあり得るのだろうか。

たしかにあの少女は、強敵である。

直接、目にした私と魔王は、その事実を認めざるを得ない。それでも一晩で砦が陥落するとなると、もはや兵がまともに機能しない状況に陥ったとしか思えなかった。

「ボクも不思議に思ってるよ。でも……、事実としてディートリンデ砦は落ちた」

その言葉は、非常に重々しい。

「このまま放っておけば、奴《やつ》らはこのまま魔王城《ここ》まで攻め入ってくるかもしれない。いいや、確実にここを目指していると思うんだ」

奴らは、魔族を根絶やしにすると宣言している。ここまで攻め入られれば、私たちに、平穏は一生訪れない。

どちらともなく、私と魔王は頷き合う。

「もはや一刻の猶予もない」

「ええ。だから……、アルベルト、私も出ます。まさか、止めませんよね？」

「もちろんだよ」

今も心の奥底には、王国への憎しみは渦巻いている。

それだけでなく、私はたしかに、この場所を守りたいと願っている。あんな奴らに好きなようにはさせない、という静かなる決意で。

「ボクも出よう。キール、留守を頼むよ」

「はあ、止めても無駄……、なのでしょうね――」

「説得材料は十個ぐらい用意してるよ」

「まったく――」

そんな言葉を返すアルベルトに、彼の側近であるキールは深々と嘆息した。

後顧の憂いなく出撃できるのは、キールという頼れる右腕がいるからこそ。まさしく、頼り頼られる関係——私は、そんな二人を見て、ちょっぴり羨ましく感じるのだった。

◎ ◎ ◎ ◎ ◎

魔王城には、重苦しい空気が広がっていた。

人間たちからの宣戦布告。拮抗《きっこう》したまま長期化の様相を呈する戦争——圧倒しているどころか、徐々に押しこまれているらしいという噂《うわさ》。

おまけに守りの要である砦が、ついには敵の手に落ちたらしいという噂。

もちろん表立って口にする者はいない。それでも不安は、毒のように各人の心に巣食いつつあった。そんなとき——

「ついに……、聖アリシア隊が動くときが来るらしいぞ！」

「なんと、魔王様も一緒だ！」

——その噂は、どこから広がったのだろう。

それは窮地に陥っていたミスト砦を救い、王国を絶望に叩《たた》き落とした少女が、ついに戦いに向かうという知らせが広まったのだ。

王国の聖女。

敵国の英雄は、志半ばで誅殺《ちゅうさつ》された哀れな少女。そんな少女は、魔族領で蘇《よみがえ》っても優しさを失わず、新たな居場所を守るために健気《けなげ》に鎌を振るおうとしている――それは悲劇として、美談として魔族たちの間で広がっていた。

そんな空気を作り出したのは、アリシアを受け入れさせようと動き回っていた魔王だったりするのだが……、

「あの二人なら大丈夫だ！」

「この閉塞感を打ち破ってくれるに違いない！」

それは、思わぬ効果ももたらしていた。

もたらした戦果と、魔王が広めた美談が合わさり、魔導皇国内でアリシア人気が爆発的に高まっていたのだ。

ミスト砦の戦いを、たった一人で覆した規格外の少女。魔王様の花嫁で、その真の実力は未知数――本人の預かり知らぬところで、気がつけばアリシアの部隊は魔王城の切り札として認知されていたのである。

そうして作戦は、信じられないほど速やかに開始された。状況は一刻を争うというのは共通認識であり、会議を終えたアリシアたちは、そのまま出発することになったのだ。

本当であれば、秘されるべき作戦なのかもしれない。

けれども魔王は、それを大々的に宣伝することを選んだ。魔王軍の士気を上げるため、国民の間に広まる不安を払拭するためだ。

漆黒のドレスに身を包み、私は魔王城を後にする。

今、再び戦地に向かう——突然のことながら、既に覚悟は決まっていた。この日のために、魔王城で準備してきたのだから。

「アリシア様、どうかご武運を……！」

「ああ、なんと噂にたがわぬ美貌をお持ちで——」

「我らが魔導皇国の未来を、どうかよろしくお願いします！」

急な決定に違いなかった。

それなのに——人、人、人。魔王城の入り口には、見たこともないほど多くの魔族が、旅立つ私たちを一目見ようと集まっていた。

どうして、こんなに人が集まっているんだろう？

正直なところ、こうして人目を引くことには慣れていない。

目が回りそうになる私をよそに、隣ではライラが楽しそうに声援に応えていた。実に頼もしい——いっそ、部隊長代わってくれないかな……？　なんて思う私に、

「大人気だね、アリシア？」

いたずらっぽく魔王が笑う。

「大げさすぎますって！　なんなんですか、この集まりは⁉」

「ごめん、アリシア。国民の不安を和らげようと、いっそ大々的にやろうと言ったのはボクなんだけど、さすがにアリシアの人気を見誤ってたよ――」

「えぇ……。犯人、まさかのアルベルトですか⁉」

とんでもない話である。

「まあまあ、せっかくだし手を振ってあげたら？」

「アルベルトは、随分と慣れてますね……」

思わず恨めしい口調になってしまう。

彼らがこうして集まっているのは、安心がほしいのだろう。魔王様なら、この人になら、任せておけば国を守ってくれるはずだという安心が。

私は、天高く手を掲げる。

私はここにいる、と示すように。

今の私の居場所は、ここだと示すように。

――その手には今の私を象徴するように、身長大の漆黒の鎌が握られていた。

「――うぁあああ！」

「アリシア様！　アリシア様！　アリシア様！」

果たして、ドッと沸く集まった魔族たち。

それは……、思わず引いてしまうほどの熱気であった。

魔族たちの期待を一身に背負い。

私たちは、ブヒオの部隊と合流するため、ディートリンデ砦の手前にあるダイモーンの里に向かうのだった。

❁　❁　❁　❁　❁

ダイモーンの里は、魔王城から馬車で一～二週間ほどの距離にある小さな集落だ。

ディートリンデ砦のそばに位置しており、有事の際には軍の拠点として使われることも想定しており、最近の戦局を鑑みて民間人の大半は既に避難していたそうだ。

近くの砦への補給路としての役割も担っており、ディートリンデ砦が陥落した今、そこも死守すべき重要拠点の一つと言えた。

私は、支援魔法を何重にも重ねがけし、飛ぶようにダイモーンの里に向かっていた。ディートリンデ砦を落としたなら、勢いのままにダイモーンに攻め込んできていることは想像に難くない。事態は、一刻を争う。

「大丈夫、アリシア？」

「ええ、ここまで急ぐのは久しぶりです」

心配そうな顔でアルベルト。

今回、私は珍しく自分にありったけの支援魔法をかけていた。自分でも信じられないほどの速度で駆けており、さすがに消耗も大きかったのだ。

早速、研究棟のフレッグたちが作った魔道具も活用している。

移動速度を速める支援魔法をかけるための魔道具であり、もちろん私の支援魔法に比べれば効果は劣るものの、十二分に助けになるような代物だ。

今回、部隊全員で移動することを最初から諦めていた。

私たちが全力で移動するのについてこられる者だけを厳選し、そうでない者には後で追いついてもらうという形を取ったのだ。

ちなみにアルベルトは、飄々《ひょうひょう》とした顔で私についてきている。

彼も補助用の魔道具を使っているとはいえ、やっぱり身体能力だと勝てないかと悔しく思ったのは内緒だ。


「間に合いますかね？」

「ブヒオの隊を信じるしかないよ。これだけ急いで間に合わなければ――そういう運命だったんだと思う。次の手を考えるまでだよ」

アルベルトの言葉は、内容とは裏腹に熱を帯びていた。

ダイモーンの里は、もちろん戦略的に重要な土地である。それ以上に、ブヒオの身を案じているのが伝わってきた。


魔族と人類の戦争。

この戦いには、一人で数千の人間を討ち取り、戦況を覆せるだけの力を保持する者がいる――それは客観的な事実だ。

王国軍なら、イルミナ。

私たちなら、私とアルベルト――それに魔王軍の幹部たちも、それに該当するだろうか。事実、イルミナの出現により、ディートリンデ砦の戦いは、一瞬にして戦況が変化している。

「状況は……、良くないですね」

そんな状況で、私たちはどう動くべきか。

本来、一騎当千の実力者が、十全に力を振るえる状況を作り上げることを、最優先に考えるべきだろう。

私たちが消耗しながら、敵地のど真ん中に向かわざるを得ない状況。後手後手に回らざるを得ない状況を作り出されており、戦局は極めて悪いと言うしかなかった。

だけど、そんなことは関係ないのだ。

この鎌でそんな小細工ごと、叩き潰してみせよう。

「あはっ。一人残らず叩き切ってみせますよ」

「相変わらず、アリシアが味方だと心強いね」

久々の戦場。

うなされるような高揚感――やっぱりそこが、一番、生きていると実感できる。

結局、私たちは僅か一日足らずでダイモーンの里までの道のりを走破したのだった。


日が沈みかける夕刻。

地平線近くの太陽が、戦争中であることをつゆほども気にせず、あたりを美しいオレンジ色に染め上げていく。

「ブヒオが上手《うま》くやってるみたいだね」

「はぁ、はぁ……どうにか間に合いましたか」

ダイモーンの里には、簡易的なバリケードが築かれていた。

私たちを最初に見つけたのは、ブヒオの隊の者であり、それがダイモーンの里が敵の手に落ちていないことの証明となった。

私たちは、彼の立てた見張りに発見され、そのままブヒオの元に通される。

「ブヒオ様、ブヒオ様！」

「なんだ？　魔王様が到着するまで少しでも時間を稼ぐため……、今は一刻も早く、この地にバリケードを――」

「それが魔王様とアリシア様が、到着なさいました」

「……はあ？」

ブヒオは、民家の中に身を隠すように座り込んでいた。

胸から上には、痛々しく包帯が巻かれていた。傷は決して浅くはない――それでもピンピンして、部隊の兵に指示を出している。

「魔王様に……、アリシア様⁉」

ブヒオは、ここにいるのが信じられないとばかりに、目をパチクリさせた。

しばしの間、フリーズしていたが、

「そうかしこまらないでよ。それより戦況は？」

慌てて立ち上がろうとするブヒオを、アルベルトはそっと制する。

「はっ。それが……、砦を攻め落とした敵部隊は、不気味なぐらいに沈黙を保っているようです」

「それなら……、不幸中の幸いか。ブヒオ、本当に無事で良かったよ」

「ありがたきお言葉です。ですが私は、魔王様からの命を果たすことができませんでした。かくなる上は、この地での戦いが終わり次第、この地位を返上する所存――」

ブヒオは、随分と責任を感じているようだった。

「冗談。ブヒオで無理だったなら、誰がその場を収められたっていうのさ」

「ですが……！」

「ブヒオがとっさに連絡を取ったから、ボクたちがこうして駆けつけられた。こうして兵も大勢が生き残った。お手柄だよ」

アルベルトの言葉は、真実だと思う。

奇襲を受けてなお、その事実をいち早く魔王城に伝え、多くの兵を次の防衛ラインに帰したのだ。最悪、全滅していたことを思えば、見事な手腕だと言えるだろう。

それでも、ブヒオはなおも不服そうだった。

忠誠心の高さゆえに、もっと上手くできたはずだと考え込んでしまうのだろう。

「ブヒオ、あなたが責任を感じているというのなら――責任の取り方には色々あります。その地位を辞するのは簡単ですが……、どうせならあなたにしかできないやり方で、責任を取ってみませんか？」

「……私にしかできないやり方だと？」

「ええ。これまで以上に完璧に部隊を束ねて、王国軍を完膚なきまでに叩き潰すんです。簡単でしょう？」

何より、その方が実りも大きいはずだ。

だいたいブヒオの部隊は、隊長である彼を慕う人間が集まっているという側面も大きい。この部隊のリーダーは、早い話ブヒオ以外には務まらないのだ。

ブヒオは、私の言葉を静かに聞いていたが、

「地位を辞するのは簡単……、か」

そう自嘲するように呟くと、

「ああ。きちんと責任を取ろう」

次に吐かれた言葉には、強い意志が宿っているように感じられた。

「……ヒーリング！」

「相変わらずの腕前だな、すまない」

更には、私はブヒオに回復魔法をかけておく。

一瞬で傷が治るのを確認したブヒオは、深々と頭を下げた。

「それでディートリンデ砦で……、いったい何が起きたんですか？」

私の質問に、ブヒオは、ぽつりぽつりとそのときに起きた出来事を語り始めるのだった。

「未だに信じられないのだがな――」

ディートリンデ砦は、西部を険しい岩山に、東部をアンデッド殺しの血涙湖に囲まれた天然の要塞とも言える場所だった。

警戒すべきは、王国との緩衝地帯につながる北部のみ――誰もが、そう認識していた。その隙を突かれたのである。

「は？　敵は血涙湖を渡ってきたんですか⁉」

「はい。信じ難いことですが……」

魔族の中で、一番、丈夫なのはアンデッドだと言われている。

大抵の魔法に耐性を持ち、切っても突いても決して倒れず、上位の光魔法以外で浄化することはできない。そんなアンデッドの一族を、溶かして絶命に追い込む強烈な酸が溜まった真っ赤な湖――そんな理由で名付けられたのが、アンデッド殺しの血涙湖である。

そんな場所を、生身の人間が渡ってくるなど、まさに想像の埒外《らちがい》であった。

恐らくはイルミナの固有魔法だろう。

フローラのようなまがい物ではなく、彼女は正真正銘レジエンテで認められた聖女なのだ。

「アリシア、君なら血涙湖も渡れる？」

「私だけなら……、たぶん。ですが、部隊一つ丸ごととなると、かなり厳しいかと」

「そんなにかあ」

アルベルトが険しい顔をした。

それからもイルミナの戦いは、見事と言わざるを得ないものだった。

陽動としてレジエンテの兵たちを暴れさせ、隙を突くようにブヒオのいる本隊まで一気に侵攻してきたというのだ。とどめはさせないと悟るや否や、さっと身をくらませたという判断の早さも脅威と言えた。

予想外の襲撃を受けた隊の混乱は免れず。

混乱収まらぬ間に、眠っていたはずの王国兵まで、一斉に襲撃を仕掛けてきたといい……、最終的には全滅を避けるために敗走せざるを得なかったという。

死角から意表を突き、そのまま数の暴力で一気に砦を攻め落とす胆力。

自分の命すらチップに変える姿勢——私は、以前のイルミナとの戦いを思い出して、背筋に冷たいものが走るのを止められなかった。


——そのとき、伝令兵が入ってきた。

「ブヒオ隊長！　敵襲、敵襲です！」

「またか……！」

いまいましいとばかりに、ブヒオが毒づいた。

「いいか、いつも通りだ。守りに徹して、決して深追いはせず……」

そう答えかけたブヒオだったが、

「いいや、今が絶好の機会だな。こっちから打って出るべきときか」

考え直したように首を横に振る。

それから、私とアルベルトの方を見ると、

「我々、第四部隊は、これより戦線を押し上げるために一斉攻撃を仕掛けようと思います。力を貸してくださいますか？」

そう頭を下げるのだった。

博打《ばくち》気味ではあった。それでもだらだらと攻められ続けるぐらいなら、こっちから打って出た方が良いというのは同感だった。

「「もちろん（です）」」

私とアルベルトは、そう頷き返すのだった。

◎　◎　◎　◎　◎

ブヒオは、待機していた兵士たちに、広場に集まるよう声をかけていた。

敗退直後の部隊だ。

お世辞にも、士気が高いとは言えない。

それでもブヒオは、集まった兵たちを前に、反撃に転ずるべく演説する。

「敵の卑怯《ひきょう》な策で、我々は一度後れを取ることとなった。予想外の事態に慌てふためき、みすみす砦を敵に明け渡すことになった」

それは、率直な感情の発露だった。

悔しさと、情けなさと、不甲斐《ふがい》なさ。そんなネガティブな感情も、包み隠さず口にする実直さ。それはブヒオが、これほどまでに人気を高めた掌心術であった。

「命を落とした者が大勢いる。志半ばで力尽きた者がいる——だが……！　この戦いはまだ、終わってはいない！」

実際、ブヒオの部隊のうち、動ける兵士は大きく数を減らしていた。

ディートリンデ砦で命を落とした者、負傷した者——兵たちの士気は、否応《いやおう》なく下がってしまう状況。反撃の糸口すらない場面では、いくらブヒオでも兵たちの士気を高めることはできなかっただろう。

しかし、今は違う。

兵力を温存し、撤退という道を潔く選んだからこその反撃の糸口。

ようやく、状況を変える準備が整ったのだ。

そのために、私たちが来たのだから。

「なんと、魔王様とアリシア様が、直々に力を貸してくださることになった！」

その声に応えるように、私とアルベルトは姿を現す。

ぽかーんと一瞬広まる沈黙。

「「「ぅおおおおお！」」」

それから響き渡るのは、溢《あふ》れんばかりの絶叫。

アルベルトも――それから、きっと私も。たしかに、兵たちの希望となっていた。

「辛抱の時間は、これで終わりだ！」

ブヒオは、吠《ほ》えるように声を張り上げた。

そう、タイミングは今しかない。

「私も、ささやかながら協力しましょう」

私はそう言うと、いつものように支援魔法を部隊全員にかけていく。

アドリブではあったが、こうするべきだと感じたのだ。

これはパフォーマンスとしての意味が大きい。ブヒオやアルベルトがやりやすいように、少しでも、やれることをやっておこうと思ったのだ。

彼らの中には、私の支援魔法を初めて受ける者もいた。

信じられないほどに体が軽くなったと驚き、それがまた彼らの士気を否応なく上げていく。

そうして彼らのテンションが最高潮に達したとき、

「聖女の加護は、我らにあり！　これより我々は、反撃に転じる。魔王様の前で、無様な戦いは許されない――愚かな王国兵を踏み潰せ。これまでの屈辱を、すべて返してやろうじゃないか。全軍、出撃ッ――！」

これ以上ない、というタイミングでブヒオが宣言し――

これまでの不満をすべて吹き飛ばさんばかりに、気合に満ちた叫び声が立ち上るのだった。

そうしてダイモーンの里で、ついに戦いの火蓋が切られることとなった。

第四部隊の指揮は、もちろんリーダーであるブヒオ。

「あはっ、楽しみですね」

「うんと暴れてやろうじゃないか」

私とアルベルトも、頷き合って。

――そうして、静かに戦いが始まろうとしていた。


戦地に向かった私たちが相対したのは、ダイモーンの里に攻め入ろうという作戦を取っていた王国兵たちだった。

「き、貴様は――魔女・アリシア！」

「本当に国を売ったのか！」

王国兵たちは、面白いように同じ反応をする。

最初は嘲ったような顔で私を見て、続いて恐怖に顔を青くするのだ。最後には、決まって身勝手な憤怒を抱く。

まあ、私のやることは変わらないのだけど。

「あはっ、こんにちは。そして——さようなら」

手にした鎌を振るい、視界に入った敵を片っ端から斬り伏せる。

返り血を拭い、次なる標的を探す。

「し、死ね！　ばけものっ！」

「あはっ、それで隙を突いたつもり？」

私の命を狙うには、あまりに戦い方が杜撰《ずさん》だ。

背後から飛んできた魔法の銃弾を見もせず回避し、私は声の主《ぬし》に斬りかかる。ろくな抵抗もできずに鎌で切り裂かれ、王国兵の男は絶命し、ドサリと地面に倒れ伏す。

私とアルベルトの役割は、敵陣の奥深くにまで潜り込み、できる限り派手に暴れることだ。

遊撃手として、敵に混乱を招くことが目的だった。

「相変わらず恐ろしい強さだね」

「アルベルトこそ」

アルベルトは相変わらず、見たこともない魔法で敵兵を瞬殺していた。

この魔法があれば、たしかに魔道具なんて要らないんだろうなあ――なんて、場違いなことを考えてしまう。

遥《はる》か向こうでは、士気の高まったブヒオの隊が、これまた一方的に王国兵を屠《ほふ》っていた。もちろん、こちらの士気が高まっているというのもあるのだろうが……、

「あ、逃げた――」

「ふむ……」

敵《かな》わないと見るや否や、一目散に逃走を始める王国兵たち。

こう言ってはなんだが、あまりにも練度が低い。ミスト砦で戦ったフローラの部隊と同程度か――下手すれば、それ以下だ。

あの程度の兵士で、どうやって万全の守りを敷いていたディートリンデを落としたのだろう。

やっぱり、恐れるべきはイルミナが率いている部隊だけ？　いえ、油断は禁物。相手の戦力を軽く見積もれば、そのまま足を掬《すく》われかねない。

「アルベルト、追いかけますか？」

「今はその必要はないさ。ここに来た目的は、あくまでブヒオの隊を守ることだったしね」

そう答えたアルベルトは、満足気に頷きかける。

彼の言う通り、今、最優先で考えるべきは、この場所を守ることだ。少なくとも特務隊の面々

と合流するまでは、深追いするべきではない。

いずれはディートリンデ砦を取り返したいところだけど……、

「よくやった！　今は、深追いする必要はない――そのまま泳がせておけ」

ブヒオも、同じ考えだったのだろう。

遁走《とんそう》を始める王国兵を勝ち誇った顔で見送りながら、ブヒオは威厳に満ちた顔でそう部隊に命じるのだった。

◎　◎　◎　◎　◎

それから数時間が経った。

私が戦いに備えて、魔道具の調子を確認していると、ダイモーンの里に、続々と聖アリシア隊こと第十二部隊の面々が到着し始めた。

「アリシア様についていけないなんて、一生の不覚！」

「よりにもよって戦場で、主《あるじ》のそばにいられないなんて――かくなる上は、責任を取ってこの場で切腹を――」

「待って⁉」

しょんぼりするリリアナと、クワッと目を見開くライラ。

騒がしい面々であったが、合流できてほっとしたのも事実で。

「それよりリリアナ。また、アルベルトが休んでろなんて意地悪を言うんです。リリアナからも何か言ってください」

次の戦闘の準備をするため、ブヒオの隊は忙しく動き回っているのだ。

それは、魔王城に残った幹部と連絡を取り合う魔王とて同じこと。

それなのに私は、まさかの救護室でお留守番。

せっかくなので回復魔法をかけて回ろうと思っていたら、何もせずに横になっていて⁉　と懇願されてしまう始末。解せぬ……。

「だそうですが、魔王様？」

「だって、アリシアったらあり得ない支援魔法を自分にかけ続けながら、一睡もせずにここまで走ってきたんだよ。その足で、そのまま戦場に向かっちゃうしさ――」

「分かりました。そのまま横になりましょう、アリシア様！」

「なんで⁉」

戦場に立つことは認めてもらえたものの、やっぱりアルベルトの過保護ぶりは健在であった。

おまけにリリアナも私に甘いので、この二人が組むと手に負えなくなるのだ。

「私なら元気です。これぐらいでどうにかなるような、ヤワな鍛え方はしてませんから！」

キリッとした顔で答える私に、

「はいはい。そう言い出したときのアリシア様は、だいたい限界ですから——今日は眠りましょうね……」

「そうそう。万全に体調を保つのも大事な役目だよ」

駄々っ子をあやすような口調のリリアナに、私はむす～っと唇を尖《とが》らせる。駄々っ子をあやすような、というか駄々っ子そのものな気もするが、きっと気のせいだ。

こういう表情が表に出てしまうから、まだまだ子供っぽいと言われてしまうのだろうけど……。

気が抜けたせいだろうか。こうして横になると、何だか本当に眠くなってきて——

「アルベルトだって、一睡もしてないじゃないですか……」

すう、すう……、と。

そんな呟きを最後に、私の意識は闇に沈んでいくのだった。


「魔王様も、休んだらどうですか？」

「まだ忙しくて。とても休んでる暇なんて——」

「魔王様、さっきアリシア様になんて言いましたっけ？」

「うぐっ、君は痛いところを突いてくるねぇ」

アリシアが寝落ちした後の救護室では、そんな会話がなされていた。

実のところリリアナは、魔道具いじりで徹夜して昼頃に寝落ちするアリシアを、少なくない回数見ていたりする。アルベルトにとって、それはアリシアの意外な一面であった。

「それでも、さすがに一緒に寝ようなんて気には、とてもとても……」

「……え？」

「え？」

「ぇええ、魔王様⁉　え、まさかそんなことを考えて？」

「誤解！　誤解だよ！」

なぜ、そんなことを口走ったのかアルベルト自身でも謎であった。

えぇっと驚き、若干引いた様子のリリアナを見て、慌てて否定の言葉を口にするアルベルト。

「意識のないアリシア様に対して——万が一があったら、いくら魔王様でも軽蔑しますからね！」

「しないって！　しないからね⁉」

安心した様子で眠るアリシアは、こう見ているとやっぱり幼さの残る少女の寝顔そのもので。

その様子を見守るリリアナも、アリシアの実の姉のように優しく微笑《ほほえ》んでいた。

「それでも、アリシア様は私たち以外にも、心を許せる人ができたんですね」

「どういう意味？」

「アリシア様——心を許せる人の前じゃないと、決して眠ろうとはしませんから」

そうして翌日の朝。

「ああ……、結局朝まで眠ってしまった――」

妙に頭がスッキリしている。

やっぱりリリアナやアルベルトの指摘通り、気がつかない間に疲れが溜《た》まっていたのかもしれない。戦場で、自分の疲労に無頓着になること――これは明らかな悪癖だ。

「おはよう、アリシア。よく眠れた？」

「おはようございます、アルベルト。はい！　この調子なら、王国兵の千人や二千人、軽く斬り倒せそうです！」

「はは、アリシアらしい答えだね」

私の言葉に、苦笑するアルベルト。あれだけ見栄を張りつつ、結局朝までぐーすか眠っていたのかと思うと、少しだけ恥ずかしくもなりつつ。

今更、見栄を張る必要もないかとも思う。

これでも生涯のライバルだから、魔法とか戦闘面では張り合っていくつもりだけど！

ばっちりと目を覚ました私を見て、

「今後の方針だけど――このまま、一気にディートリンデ砦に攻め入ろうと思うんだ」

アルベルトは、おもむろに口を開くのだった。

❁ SIDE：ディートリンデ ❁

――アリシアたちが、ディートリンデ砦に侵攻しようと決意した頃。

その砦では、少しばかりのトラブルが起きていた。

「今更、俺にディートリンデ砦の守りの指揮を執れだと？」

訝《いぶか》しげな顔で疑問を投げかけたのは、ディアベル・フォスターという騎士。王国騎士団の指揮官の一人であった。

ディアベル・フォスターは、典型的な小者であった。

長い物には巻かれろは彼の座右の銘であり、弱きをくじき、強きにへつらう、そんな騎士としての風上にも置けない人間であった。王国内での権力争いにも長《た》けており、王国騎士団の雑兵にすぎなかった彼は、気がつけば五百以上の人間を束ねる大隊長の立場に就いていた。

そんな彼だからこそ、手柄を立てるチャンスには人一倍敏感であり……、

「なんだって俺が？」

ディアベルは、突然降って湧いた命令を、じっくりと吟味する。

「ええ。ここでの戦いは、もう終わったのですわ」

鈴の鳴るような声で答えたのは、イルミナという少女だ。

その少女は、おおよそ戦場に似つかわしくない優雅な笑みを浮かべている。

ディアベルが仕えるヴァイス王国は、レジエンテと手を結ぶことになった。

レジエンテの王女であるイルミナは、驚くことに自ら軍を指揮して、戦場に降り立ったのだ。

最初はイルミナをお飾りだと蔑んでいた王国軍の兵士たちだったが、またたく間にその認識は覆されることになる。

——こいつは、バケモノだ。

それが、今のディアベルの認識だった。

なにせディートリンデ砦を一晩で陥落させたのは、目の前の少女なのだ。奇襲であったとはいえ、わずか百人の兵力で強固な砦を混沌《こんとん》に陥れたのだ。

聞けば、死の泉と呼ばれる毒沼を突っ切って、警戒の外側から敵本隊を叩いたという。敵も馬鹿ではない——毒沼の中を直進するというのは、大抵の者であれば選択肢にもあげない無謀極まりない自殺行為なのだ。

にもかかわらず、この少女は一晩でそれを成し遂げた。

当たり前のような顔で。

「狙いはなんだ？」

ディートリンデ砦を落とした少女は、その後、動きを見せようとしなかった。

ディアベルは独断で、追撃戦を仕掛けたものの、それは見事に返り討ちにあっている。

イルミナという少女は、いったい何を考えているのだろう？

そんな疑問を持っていた矢先の命令であった。

「狙いなんてないわ。ただ――ここは、退屈なのよ」

なんてことない口調で呟くイルミナ。

「退屈だと？」

「ええ、とても」

怪訝《けげん》な顔をするディアベル。

そんな彼に、イルミナはものわかりの悪い人間を諭すように独自の理論を展開する。

「人生って、楽しまないと損だと思わない？」

「いったい何を――」

「私は王国に戻って次の標的を探して、その間にあなたは手柄を得る。ギブ・アンド・テイクといきましょう？」

そんな言葉を聞いて、ディアベルの顔に笑みが広がっていく。

――この少女の本質は、まごうことなき戦闘狂。

隊長として色々な人を見てきたという自負がある彼は、イルミナのことを理解した気になっていた。ディアベルは、戦地で血を見ることが生き甲斐となっている人間が一定数いると知っている。快楽に生きる彼らにとって、それは自然な行動なのだろう。

「ふむ……、手柄か」

「ええ。ここには、これから裏切りの聖女が来るという――シュテイン王子を悩ませている頭痛の種。捕らえれば、さらなる地位も夢ではないんじゃない？」

更にイルミナは、そう嘯《うそぶ》いた。

裏切りの聖女――魔女・アリシア。

ディアベルにとって、その名は記憶に新しい。

人の善意を信じて死んでいった愚かな人間の名前だ。

ディアベルの部隊は、一度、アリシア率いる特務隊に命を救われている。命令を無視した独断行動で、モンスターの群れと対峙《たいじ》する羽目になったとき、助けに入ったのが合同作戦に参加していたアリシアたちだったのだ。

「あのときの顔ったら、なかったなあ――」

誉れ高き王国騎士団が、あろうことか、どこの馬の骨とも知れない特務隊に救われたという事実。決して広めてはいけない――ディアベルは、保身に走った。

すなわち嘘《うそ》の報告をでっち上げたのだ。広まったのは、勝手な行動をして危機に陥った愚かな特務隊を、王国騎士団が華麗に救い出したという美談。

もっともその程度の出来事は、日常茶飯事であったのだけど。


「あの日の出来事は、傑作だったなあ」

数カ月前に起きた断罪パーティを思い出す。

ディアベルが今の地位にあるのは、シュテイン王子らによるアリシア事変の影響が大きい。

あの事件のため――ディアベルは王子に乞われて嘘の証言をしたのだ。

アリシアが、魔族らと共謀・内通していると証言し、偽の証拠を提示したのだ。無実を訴えるアリシアに対して、率先して残酷な取り調べも行った。無実であることを知りながら、万が一にも真実が明るみに出ることがないように、確実に処刑に追いやるために。

すべてはシュテイン王子に恩を売り、さらなる地位を求めるため。その行動を取ることは、ディアベルにとって至極当たり前のことだった。

「くっくっく、また手柄を運んできてもらおうか」

ディアベルは、にやりと笑みを浮かべる。

これほどまでの圧倒的な人数差。

まさか負けるはずがない。

滅ぼされた奴隷商会が、随分と錯乱したらしいが、少数の魔族にできることなどたかが知れている。まして相手は、あの弱々しい少女なのだ。

ディアベルのイメージしていたアリシアは、牢屋《ろうや》に力なく横たわる姿だった。ディアベルは、アリシアにまつわる噂を、これっぽっちも信じていなかったのだ。

かくしてディートリンデ砦の守りは、ディアベルという小者に委ねられることになる。

「ふん。ちょろいものね」

イルミナが、皮算用を始めたディアベルに嘲るような笑みを向けていたが——誰も気がつくことはなかった。


私——アリシア——たちは、ディートリンデ砦に向かって北上していた。

時間はできるだけかけない方が良い。

ディートリンデ砦は重要な拠点であり、そこを王国軍に固められては一気に戦局が不利に傾く。敵が守りを固める前に、私とアルベルトを中心に一気に攻め落とす……、もとい取り返さねばならないという判断だ。

向かう途中で、もっと抵抗に遭うかと思っていた。けれども蓋を開けてみれば、ほとんど敵兵と接触することすらない。

正直、拍子抜けであった。

「砦にいる敵兵の数は？」

「それが……」

私たちに報告するのは、斥候を務めたカラスのような魔族だ。

ブヒオの部隊に所属しており、夜目が利き、闇にまぎれて情報収集する優秀な魔族である。

疲弊したブヒオの隊の大半は、ダイモーンの里に置いてきている。

砦を攻めるには不安が残る人数ではあるが、ダイモーンの里を空にする訳にもいかないため、苦肉の策といったところだ。もっとも私個人としては、少人数で敵兵のど真ん中に突っ込むような戦い方というのは、むしろ歓迎すべきものだったけど。

ディートリンデ砦は、重要な拠点である。

数千人規模の、最悪、数万人規模の兵が待ち構えているかもしれないと想像していたが……、

「え？　数百人規模の部隊が、いくつか展開しているだけ？」

もともと、奇襲により落とされた砦だ。

まだまだ、兵の配備が追いついていないのだろうか。砦にいる兵力も、また分からないところではあるけれど――、

「アルベルト、どう思いますか？」

「そうだね。普通に考えれば、敵が態勢を整える前に叩くべきだと思うけど……」

アルベルトが、首を傾《かし》げていた。

ディートリンデ砦を落とそうと戦っていた王国兵は、そんな規模ではなかったはずだ。残りの部隊は、いったいどこに消えてしまったのだろう。

そもそも、彼らはダイモーンの里を本気で落とそうと考えていたのだろうか。

統率もほとんど取れておらず、戦い方も実にお粗末なものだった。奇襲で砦を攻め落としたイルミナの手腕を考えれば、その後の行動は、はっきり言ってしまえば杜撰すぎる。

私の横で、無邪気な笑みを浮かべている少年。こう見えてアルベルトは、魔族を統《す》べる魔王である。その命は、当然、私のものより重く――、

「アルベルト、私がおとりになりますよ」

「は？　アリシア、いったい何を言い出すのさ」

「魔王としての自覚を持ってください。アルベルトに万が一のことがあれば、魔族は――魔導皇国はおしまいです」

私が言うことは、間違っていないはずだ。

今、一番恐れるべきは、ここで私とアルベルトの両方が討たれることなのだから。

もちろん、敵が罠《わな》を張っていたとしても、そう簡単にはやられない自信はある。けれども、万が一の場合にも――共倒れという最悪の事態は避けることはできる。

「言いたいことは分かるよ。分かるけど——だからって……！」

「あはっ。それに——私の楽しみを、あまり奪わないでくださいな」

それに何より、この手で、王国兵を屠れるまたとない機会なのだ。

私は、鎌の柄を大切に撫《な》でる。あまたの王国兵を、弱者を踏みにじってきた憎むべき敵の血を、ふんだんに吸い込んだ大切な得物だ。

「アリシア、君はちっとも自分の価値を分かってないよ。君がいなくなったら、君に救われた仲間は悲しむよ。ボクだって……、もう君がいない日々は想像できないよ」

ああ……、至極真面目な顔で、なんてことを言うのだろう。

戦場での命は、枯れ葉よりも軽いもの。生きるも死ぬも、その日次第——私だって、親しい友人の死を見送ったことも何度もある。だけど、

「大げさですね……、分かってます。必ず生きて、敵将の首を持ち帰りますから」

今は、自分の命を軽く見るつもりはない。

魔王城で居場所を手にして、たしかに今を生きるのを楽しいと思うようになってきていたから——復讐《ふくしゅう》を果たして死ぬだけが、生き方ではないと思い始めてきたから。

「アリシア様、お供します」

「主！　いざとなったら、わらわが身代わりになるのじゃ！」

「やめてね⁉」

数の差はある。それでも支援魔法や、私が戦いに出ることで、十分に勝算はある——頼もしいことを言う特務隊の面々を従え、私は先陣を切って敵地に攻め入ることになった。

◎　◎　◎　◎　◎

ディートリンデ砦に向かって突き進むこと数時間。

ついに私たちは、砦を守っていた王国兵の面々と衝突することになる。

「敵襲、敵襲！　敵の数は——少ないぞ！」

「馬鹿め！　本当に、突っ込んできたのか！」

王国兵たちは、私たちを見つけると、次々と魔法を射出してきた。

「ちっ、やっぱり待ち伏せされてますよね」

「どうしますか、アリシア様？」

守りは薄いといっても、まだ数は王国兵の方が圧倒的に多い——いくら私たちが少数精鋭とはいえ、無視できないほどに戦力差があった。

真正面からぶつかり包囲されでもしたら、到底、無事では済まない。

「ここは、やっぱりまずは私が突っ込んで——」

「毎回そんなことしてたら、アリシア様の体がもちませんって！」

「そうじゃぞ、主！　少しは、わらわたちを頼ってほしいのじゃ」

あの人数が相手なら、勝てるかといえば――たぶん勝てるとは思う。

魔女として蘇った私は、客観的事実として数百の相手なら蹴散らせる。一騎当千とまではいかなくとも、特務隊の仲間だってそう後れは取らないと思う。

けれども、生き物である以上、限界はある。困ったときに、自分だけでどうにかしようと、無意識に考えてしまったのは悪い癖だ。

どうしても疲労は蓄積していくものだ。リリアナの言う通り、単独でこの戦場を最後まで戦い抜くことはできないだろう。今回は特務隊の力を借りて、この場を切り抜けることを考えよう。

「どうしますか、アリシア様？　やっぱりダイモーンに戻って、一度、態勢を立て直しますか？」

「いいえ。攻めるなら今しかないと思います」

本来、この人数で砦を真正面から攻めるなど下策もいいところだ。

それでも今は、時間が惜しい。敵は、砦を手にしたばかりで、十分な防衛体制を築けていない。だからこそ、この程度の戦力差で済んでおり、時間とともに戦力差は拡大していくことだろう。

今を逃しては、攻め入るチャンスすら失われてしまう。

「そうですね。何も真正面からぶつかる必要はありません――意趣返しといきましょうか」

私はそう呟き、特務隊の仲間に今回の作戦を伝えるのだった。

そうして戦闘が始まった。

「これも主のため——ご覚悟！」

「うわっ、なんだこいつ⁉」

「おのれ、ちょこまかとっ⁉」

ライラが手にした魔道具をかざしながら、縦横無尽に戦場を駆け回る。

彼女が振り回すのは、祖母の肩身だという愛用の刀。久々の戦場で思う存分刀を振るえるとあって、随分と生き生きとしている。

「ほら、行きなさい。フローラ！」

「あー、もう！　これで完全に反逆者じゃない——なんで、こんなことに！」

一方、リリアナはそんな命令を下し、フローラが敵兵に挑みかかる。おとりのような扱いであったが、従属紋による命令を受けた彼女は、リリアナには逆らえないのである。

「ヒィィィ⁉」

「あー、もう！　それぐらいでビビらない！」

ひゅんひゅん飛び交う魔法を前にして、フローラは半泣きになっていた。

これまでは聖女として、ぬくぬくと後ろで指揮を執っていただけだったのだろうが、これからは最前線でバシバシ働いてもらうとしよう。

「リリアナもライラも……、おとりみたいなことさせてごめんなさい」

作戦のため、私は特務隊の仲間と別れてある場所に向かっていた。

「アンデッドの血涙湖、ね……」

私は、ごくりとつばを呑んだ。

試しに近くに落ちていた小石を投げ込むと、じゅわっという音を立ててまたたく間に蒸発していく。不死のはずのアンデッドを溶かし、その生命を奪うから名付けられた恐ろしい湖。果たして、どうにか潜《もぐ》れるだろうか。

「セイントプロテクション！」

私は、細心の注意を払って防御魔法を全身にまとう。

静かに手を触れ、何ともないことを確認する。

「……よし」

恐る恐る湖に潜り、私は全身が問題ないのを確認する。

強烈な酸でできた湖だ。さすがに恐ろしく思ったが、少しの間なら問題なく防御魔法で耐えられそうだ。

イルミナが見せたという電撃戦。

血涙湖を通じたディートリンデ砦への奇襲――私は、それを再現しようと考えたのだ。

湖の中を潜り、私は砦に向かって移動する。

血のように赤い湖はどことなく不気味で、視界も悪い。私は迷わぬよう慎重に進み、

「ぷはあっ」

砦のそばと思われる場所に上陸する。

「早く終わらせないと。リリアナやライラたちに被害が出る前に――」

静かな決意とともに、私が砦に向かって歩き出したとき……、

「まさか本当にここに現れるとは――イルミナさんの予想は見事ですねぇ」

一人の男が、目の前に現れた。

更には私を取り囲むように、数百の王国兵が姿を現すではないか。

――読まれてた⁉

静かに焦りながらも得物を取り出し、私は武器を男たちに真《ま》っ直《す》ぐ向ける。

「どうして、ここが？」

「あの人数を相手に、馬鹿正直に突っ込んでは来ないだろうと。それよりは奇襲を――私が使ったのと同じルートを使うはずだと、イルミナのやつが予測したのですよ」

ディアベルと名乗った男は、聞いてもないのにペラペラと喋《しゃべ》りだした。

王国兵たちが、じりじり、と距離を詰めてくる。イルミナ――またしても奴に、一杯食わされたというのか。

状況は、あまり良くはない。

この人数とイルミナを相手にするのは、極めて分が悪い。しかし、警戒しつつ周囲を見渡しても、その姿は見当たらず。いったい、どこにいるのだろう？

「くっくっく。まさか、こうも俺に都合良く事態が進むとはなあ？」

「どういう意味ですか？」

「また地下で可愛《かわい》がってやるよ。大人しく投降しな？」

ディアベルが、薄ら悪い笑みを浮かべた。

その顔には、よくよく見れば見覚えがあった。

以前は、もっと小さな部隊のリーダーにすぎなかったはずの男。

私たちが一度は助け、なぜか罰せられることになった――そして、地下での取り調べに面白半分で加わっていた……、そう、まさかあなたとここで会えるとは。

「あはっ、随分と昇進したみたいですね？」

「何がおかしい？」

「だって、可哀想《かわいそう》じゃないですか。せっかく偉くなったのに――ここで呆気《あっけ》なく殺されちゃうんですから」

私はそう言いながら、一番近くにいた兵士に斬りかかる。

支援魔法が多重がけされた私の鎌は、あっさりと周囲にいた数人の男に血の華を咲かせ――

それが開戦の合図となった。


「ば、馬鹿な……！」

「なんだあの動きは……。奴はバケモノか!?」

「あはっ、バケモノとは失礼ですね？」

縦横無尽に動き回り、私は鎌を振るう。

一振りで断末魔の悲鳴をあげることも叶《かな》わず、王国兵の男たちはバタバタと倒れていく。たちまち半狂乱になっていく兵たちを、私は容赦なく斬り伏せていく。

「恐れるな！　敵はたったの一人だ！」

「囲め、囲め！　栄えある王国騎士団たる者、勇敢に戦え！」

パニックに陥りながら、無謀にそう叫ぶ指揮官の男もいた。

怯《おび》える兵を相手に、愚直に突っ込むように指示を出す。そんな兵たちは哀れなことに、すぐに同じ末路をたどることになった。

やはり練度が低い。

各々がバラバラに動いていて、まるで人数を生かせていない。強大な魔族とぶつかり合ったなら、まずは盾役の人間で固めて、遠距離から魔法を浴びせるなど組織的に戦うべきだ——うろたえるままに突撃を繰り返すなど、狩ってくださいとアピールしているようなものだ。

みるみるうちに王国兵は数を減らしていき、

「撤退！　撤退だあああ——！」

ディアベルは、驚愕《きょうがく》の表情のままそう叫ぶ。

恐怖に顔を歪《ゆが》めながら、尻もちをつき、感情に突き動かされるように走り出し——、

「あはっ、どこに行くんですか？」

その真正面に、私は回り込んだ。

そう簡単に逃がすわけがないだろうに。

「ヒィイ……」

ディアベルは、尻もちをついて後ずさる。

忘れようもない黒い炎が、胸を焦がそうと燃え広がっていく。

そうだ、王国にはこいつのように、平気な顔で私のような人間を踏みつけ、甘い汁を吸っている奴が大勢いるのだ。

けれども、もう、突き動かされるままに行動する訳にはいかない。

この感情は飼いならそう——やるべきことは変わらないが。この屑《くず》の命をどう使うのが戦場において効果的か、私は燃えたぎる感情とは別の部分で冷静に思考していた。

私は、冷淡な目でディアベルを見下ろした。

「す、素晴らしい力だ！　君ほどの力があれば、是非とも我が隊に入って……、そうだ、王国に反旗を翻そうじゃないか。俺とおまえの力があれば——」

耳を傾ければ、耳障りな声で何かを口走っている。

こいつらは、どうして皆、同じ反応をするのだろう。

あまりに滑稽で、同時にひどく腹立たしく——

「うるさいですね」

私は一気に距離を詰め、

「ま、待——」

「あはっ、さようなら」

「ひっ——」

そのまま鎌を振るう。

ディアベルの首は吹き飛び、胴体に別れを告げることになった。

「あはっ、結果オーライですかね？」

私は、その首を手に抱える。

今ここで私がやるべきは、敵軍の戦意を下げること。

待ち伏せを喰《く》らったときはヒヤリとしたが、砦を任された指揮官を倒したのは上出来だろう。

「次に私がやるべきことは――」

私がちらりと視線を向ければ、王国兵たちは、蜘蛛《くも》の子を散らすように逃走を始めた。

別に追う必要はない。

それよりも大事なことがある。

私は、助走をつけ飛び上がり、

「ここでいいかしら」

私が降りたのは、砦の中でも見晴らしの良いバルコニーのような場所だ。

戦地を見渡す、見張り台の役割も持っているのだろうか。戦場を見下ろすことができ、向こうからも容易にこちらを確認できる――端的に言えば、非常に目立つ場所であった。

そのまま私は拡声魔法をかけ、

「既に砦は、私たちの手に落ちています！」

そう宣言しながら、ディアベルの首を高々と掲げる。

敵の指揮官が討たれ、砦が落ちたという証明――それは敵の士気を下げるには、十分な意味を秘めていた。

「これ以上の戦いは無意味。死にたくなければ、すぐに投降――いいえ、違いますね」

意識していなかったが、私は王国兵の返り血をベッタリ浴びていた。

そんな私が、首を片手に掲げたまま浮かべた笑みは、それは凄惨なものだったとリリアナは後に語っており……、

「あはっ、死にたい人だけ戦いを続けてくださいな」

「うぉおおおお！」

「アリシア様がやってくれた！」

「我々も、負けてられない！　さあ、アリシア様に続け……！」

時間稼ぎに徹していた魔王軍の士気は、これ以上ないほどに跳ね上がり……、

「今が好機なのじゃ！　一気に決着をつけるのじゃ！」

「あ、こらライラ！　そんな無茶な突撃命令を出したら――」

「「うぉおおおお!!!!」」

怒声とともになだれ込む魔族たち。

そんな彼らは、支援魔法と魔道具により、大きく能力が向上している。士気の下がりきった

王国兵では、まるで相手にならない。

「二人とも、良い連携です」

驚くべきことに、あれほどの激闘が繰り広げられていたにもかかわらず、第十二部隊はほぼ無傷でまるまる残っていた。

それはライラとリリアナの功績が大きい。

個々の戦力では、大きく勝っているのは揺るぎない事実。

恐れるのは、囲まれて各個撃破されること。ライラは、なるべく集団で行動するべし、とシンプルな指示を出した。以前なら聞き入れられることはなかったであろう指示は、日頃の訓練の成果、というか意識改革のおかげか、素直に受け入れられたのである。

対するリリアナたち特務隊は、これならと戦局を俯瞰《ふかん》しながら、魔族たちの後方支援に徹していたらしい――咄嗟《とっさ》に決めた作戦とは思えぬほどに、良い連携を見せる魔族と人間の混成部隊であった。

そんな訳で、ほぼ無傷で残っていた第十二部隊。

私の宣言を好機と見たライラの指示で、彼らは水を得た魚《うお》のように王国兵に襲いかかっていく。狼狽《ろうばい》した王国兵には、到底、その混乱を鎮められる者などおらず、

「ば、バケモノどもめ！」

「撤退、撤退だ！」

そう悲鳴を上げながら、撤退していくのだった。

「まあ、嘘《ブラフ》なんですけどね」

砦の中に、どれだけの兵が残っているか分からない。

まるで砦を制圧したかのように語ってみせたが、この中がどうなっているかなど知る由もない。

私は砦のバルコニーから飛び降り、

「上手く行きそうですね」

そう小さな呟きを漏らす。

姿の見えないイルミナが、未《いま》だに不安要素ではあるものの、趨勢《すうせい》は魔王軍に有利に進んでいる。

更には、追い打ちをかけるように、聞こえてきたのは派手な爆発音。こんな圧倒的な魔法を使えるのは、アルベルトを置いて他にいない。

「――やっぱりアルベルトの魔法は派手ですね」

私の宣言を聞いて、乗り込むことを決めたのだろうか。

一気にディートリンデ砦を落とすため、良い判断だと思う。

「さてと、仕上げといきましょうか」

最後にやるべきは、砦に潜《ひそ》む王国兵の残党狩りだ。

私は、もうひと暴れするつもりで、砦の中に攻め入るのだった。


ディートリンデ砦の戦いは、驚くほど呆気なく決着した。

想像の数分の一、砦に残された王国兵が少なかったのだ。

おまけに、士気も恐ろしいほどに低く……、

「降参だ！　どうか命だけは――！」

「残してきた家族がいるんだ！　俺がいなくなったら、妻は、娘は――この通りだ……！」

この戦争は、シュテイン王子により無理やり決行されたという側面が大きい。

それほどの兵を王国は抱えておらず、足りていない分は、辺境の農民や奴隷を強制的に徴兵したという。重税に苦しめられて、家族を人質に取られ、生き残るためには止むなく参加していたという彼らの士気は高いはずもなく、

「どうしますか、アリシア様」

「……投降した兵士のことは、丁重に扱うよう言っておいて」

そんな王国兵は、捕虜として扱うことになった。

王国での立ち位置が弱い弱者――私たち特務隊だって、もし本格的な戦争が起これば、無茶

な戦場に送り込まれたんだろうな、と容易に想像がつく。

「いいのですか？」

「ええ。この人たちは――違うと思うから」

私が憎んでいるのは、今も戦地の様子など知らずに、のうのうと王城でワインを嗜《たしな》むでっぷり太った貴族たちだ。今、目の前で恐怖に震えている彼らもまた、被害者にすぎない。

そうして想像していたよりも容易に砦を取り戻した私は――


「アリシア、そんな無茶をするなんて聞いてないよ」

「そうです。血涙湖を縦断するなんて――少し間違えたらお陀仏《だぶつ》ですよ！」

こんこんとお説教を受けていた。

私の前には、リリアナとアルベルトが般若《はんにゃ》のような顔で立っている
「でも、この状況じゃ、そうするぐらいしかなくて……」

「敵に脅威がないことが分かったら、ボクと合流すれば良かったと思うけど」

向けられるじとーっとした視線。

「い、一刻を争うと思いましたし……」

「だからって、あの湖に潜る人がどこにいるんです！」

純粋なる善意からの言葉。

真っ向から言い返せず、それでも私は唇を尖らせ、ささやかな抵抗を試みる。

「でも大したことなかったですよ、血涙湖。その——ちょっぴり肌がピリピリするぐらいで！」

「溶かされかかってるじゃないですか～⁉」

ぎょっとした様子で、ペタペタと私を触るリリアナ。

「大丈夫！　もう治しましたから！」

「～～っ！　そういう問題じゃなくて——」

わ～わ～、と騒ぐリリアナ。

そんなやり取りもまた、いつものことではあるけれど……、

「今回の戦いは、アリシアなりに勝算があると思っての判断なんだよね？」

「……はい」

「どうしても必要だと思ったんだね？」

「ごめんなさい、アルベルト。そんな顔させたかった訳では……」

一方、何か言いたげなアルベルトは、困ったように口を閉じ……。

この人は、いつだって私の好きなように行動させてくれている。

彼の望むように、危険なんてない魔王城でのんびりと毎日を過ごせば、アルベルトにこんな顔をさせずに済むのだろうか。

危険なことはしないと、約束すれば喜ぶのだろうか。

一瞬、そんなことも考えてしまう。

だけども――そんな口約束はできない。

それは、私が私でなくなってしまうことを意味する。

私は、私のことをよく知っている。何もしていなければ、きっと私は生きる意味を見失ってしまう。だから必要だと思えば、結局、私は死地に飛び込んでしまうことが容易に想像できた
――復讐のため、そして今は王国との戦争のため。

そんな複雑な心境を見抜いたように、

「アリシア、ボクは君に好きに行動してほしいと思ってる。それがアリシアの幸せだって、分かってるつもり」

「……ごめんなさい」

「謝らないでよ。だけど……、アリシアを失うかもしれないと思うと、やっぱり怖くて。自由に行動して幸せになってほしいと思ってるのに、無理にでも平和な世界に閉じ込めてしまいたいなんて思う気持ちもあって……」

「そんなことを命じられたら、私は一生アルベルトを恨みます」

「分かってる。だからボクが願うとしたら――アリシアには少しでも、自分を大事にしてほしい。どうか自分の命を安く見積もらないで。……これでも駄目かな？」

「もう私だけの命じゃないって。分かってます――約束はできませんが、生き残ることを優先

する――大丈夫です」

アルベルトの言葉は、どこまでも真摯で。

だからこそ私も、安易に誤魔化すような言葉は口にできなくて……、

「アリシア様が、もし先に死んだら――」

「リリアナ？」

「泣きます」

「それは――困りますね……」

そしてリリアナは、大真面目な顔で何を言い出すのか。

ちなみに本気で怒ったリリアナは、それはもう恐ろしいが、同時に一番恐ろしいのは泣かれることだったりする。大切な人の涙――それは、まるで対処法が分からない私への必殺技なのだ。

「ユーリだって、きっと泣きます。それに魔王様だって――」

「アルベルトが？」

いつも飄々として、楽しそうな笑みを浮かべているアルベルト。

この人が泣くところなんて、ちょっと想像できないけど。

「う～ん。ボクなら、また生き返らせる方法を探しそうだけど……」

「そんなこと、真面目な顔で答えないでください⁉」

ふわふわ浮遊する魂となった日に、成仏しようとして魔王城に吸い寄せられたことは、一生忘れられないだろう。

「そうだね。次は戦える能力がない――スライムなんて、どうかな？」

「だんだん話が具体的になっていきますね⁉　そしてリリアナは、わあ可愛いみたいな反応しないでください！」

「うん。もし死なせでもしたら――二度と死なせないために、一生そばに置いておくと思う。やっぱりスライムだね」

冗談のように見えて、目が本気であった。

もし死んだら――この人なら、やりかねない！

「アルベルトがやばい笑みを浮かべてます！　助けてください、リリアナ⁉」

「アリシア様が可愛らしいスライムに――毎日抱っこ。ありですね」

「なしですよ。リリアナまで⁉」

ツッコミ疲れた私が、ぜえぜえと肩で息をしていると、

「だから、絶対に死なないでね」

なんて茶目っ気たっぷりに返すアルベルト。

真面目に頼まれても困るだけだと悟った彼なりの気遣いか。

「はい、当たり前です」

だから私も、気がつけば自然と、素直にそう頷くことができたのだった。

そうして、その日は休暇となり。

私たちは、久々に柔らかな寝床で、しっかりとした休息を取ることになる。


それから、数日の間、王国兵に動きはなく。

単発的な抵抗は各地で見られたものの、各個撃破され、みるみるうちに北の緩衝地帯へと逃げ込んでいったという。

上手く行きすぎて、いっそ不気味なほどだった。

ディートリンデ砦には、今やブヒオの軍と、もともと詰めていた第二部隊の面々、更には魔王直属の部隊が滞在することになった。

更には配備された魔道具には大幅な改造を施し、まさしく万全の防衛体制を築くことに成功した。

そんな落ち着いた、ある日の午後。

「大変です、魔王様!!」

次なる戦いは、魔王城から届いたそんな一報によりもたらされることになる。

第四章　非武装地帯にて

私たちは、ディートリンデ砦《とりで》の作戦室に集まっていた。

通信用の魔道具を用いて、急ぎ魔王城で開かれている作戦会議に参加するためだ。

「魔王様、大変です！　城下町で……、暴動が起きました！」

「はあ？」

焦った様子でこちらに報告してきたのは、アルベルトの腹心であるキールだ。

アルベルトは、呆然《ぼうぜん》とした様子で目を瞬《またた》かせた。

「暴動？　いったい、なんだってそんな――」

「今代の魔王様は、随分と日和見だと――城下町の暴徒たちは、防衛戦術を中心とした今の魔王様のやり方が気に入らないようです」

ヴァイス王国による宣戦布告。

それに対してアルベルトは、あくまで自領の防衛を中心とした戦略を取っていた。そんな消極的な戦略を取っているから後手に回り、重要な砦を落とされることになったのだと、過激派の魔族が立ち上がった――というのが、今回の暴動のあらましなのだが……、

「それで、被害は？」

「はっ、既に魔王城に残っていた第十一部隊の手で、暴動は鎮圧されていますが——その……。申し訳ありません——首謀者は、取り逃がしてしまいました」

「仕方ない。大事なくて良かったよ」

アルベルトは、安心した様子で答えつつ、静かに頭を悩ませる。

そう、今回の顚末《てんまつ》は——

「『おかしいですね（よね）』」

クーデターを起こすつもりなら、アルベルトが魔王城にいないタイミングを狙うのは、一見おかしくはない。

強いて言うなら、どうにもタイミングが良すぎるのだ。まるで私とアルベルトが戦場に向かったタイミングで、あらかじめ暴動を起こそうと企《たくら》んでいた誰かがいたようで……、

「敵が何か仕掛けてきた？」

「そう考えるのが自然ですよね」

情報戦。

自国の士気を高め、敵の士気を下げるのは重要だ。

シュテイン王子は、囚《とら》われのフローラを助け出すという白々しい演説をしてみせたし、レジエンテとの同盟を大々的に宣伝した。

こちらも意図せず、情報戦を仕掛けた形になっている。フローラによる暴露の魔道具は、シュテイン王子の信頼に大きな傷を与えたことは疑いようがない。

戦争には大義名分が必要なのだ。

「敵の狙いはなんでしょう？」

「素直に考えるなら、魔王の信用を落とすことで戦意を削《そ》ごうとしてるんだと思う。実際、嫌な手ではあるけど――」

恐ろしいのは敵の息のかかった者が、そこまでの影響力を持っていることだ。

今、このタイミングで暴動を起こしたことには、何か意図があるはずだ。私たちが魔王城を離れている間に事を起こし、じわじわ毒のように国力を削ごうというのだろうか。

「魔族同士で争ってる場合じゃないのに。アルベルト、一度、魔王城に戻りますか？」

「その必要はないよ。その程度で国を揺るがそうって思っていたなら――少し、ボクたちのことを舐《な》めすぎだよ」

アルベルトは、そう言って不敵な笑みを浮かべる。

「キール、何か問題は？」

「これっぽっちも」

いつものように軽口で。キールは、そう心強い返事を寄こす。

「暴動に浮き足立っていた者たちも、魔王軍の強さを再認識して安心した様子でした。落ちた砦には、魔王様が直々に出陣なさいましたしね」

「なるほど、これはこのまま帰れそうにないね……」

アルベルトが、その言葉を聞いて困ったように肩をすくめる。

魔族が、魔王に求めるものは強さだ。自身が尽くすに値する強者を、国の長《おさ》に据えるべしというのが魔族の考え方なのである。

満を持して、魔王が出陣したのだ。

そこには否応《いやおう》なく、大きな戦果を――戦争を終わらせるような目覚ましい活躍を見せるという期待が寄せられる。

アルベルトは静かに考え込んでいたが、

「仕方ないか」

何かを決意したように呟《つぶや》いた。

「魔王様？」

「我々、魔王軍は――見事に、ディートリンデ砦の奪還に成功。逃げる王国軍に追撃戦を仕掛けながら、緩衝地帯を突っ切り、ブリリアントの要塞都市まで攻め入る！　こんなところかな」

アルベルトが口にしたのは、私も初耳だったこれからの計画。

否、ここで決まったのだろう。魔王城に戻るのではなく、更なる侵攻を続ける決意——戦争をその手で終わらせる魔王としての誓い。それは、より魔族の忠誠心を高めることになる。

「いいのですか？」

「好機ではあると思うからね。まったく、面倒なことをしてくれたよ」

アルベルトはそうぼやきながらも、

「アリシア、これからも君の部隊には期待してるよ」

などと、声をかけてくる。

「あはっ、ついに攻め入るんですね。楽しみです！」

「ほどほどにね？」

アルベルトの遠慮がちな声をよそに。

私は、明日からの戦いの準備に向かうのだった。


翌日。

私たち第一・二・十二混成部隊は、ブリリアントの要塞都市を目指して移動を開始した。ブヒオの率いる第四部隊は、ダイモーンの里からディートリンデに拠点を戻し、残る部隊はブリリアント要塞都市を攻略する。

ブリリアント要塞都市は、ヴァイス領にある王国の拠点の一つだ。

魔族領攻略の足がかりになっている重要な拠点である。緩衝地帯を挟んで長年睨《にら》み合っており、防衛はディートリンデのそれとは比べ物にならないほど強固であることが予想された。

「戦う前から疲弊することは避けたいね」

「姿を隠しながら移動するなら――いっそ少人数のチームに分かれましょうか」

さすがに、この人数で移動していては目立ちすぎる。

王国騎士団の生き残りが、いつ奇襲をかけてくるとも分からないのだ。このまま移動しようものなら、格好の標的である。

そこで私たちは、少人数に分かれて移動することになった。緩衝地帯の終わりで、合流するのだ。戦地を渡り歩く旅人を装い、できる限り戦闘を避けるのだ。

私たちは、アルベルト・リリアナ・ユーリ・私の四人に、監視対象のフローラを加えて、ディートリンデまで移動することになった。

「酷《ひど》い……」

「こんなことが――」

歩みを進める中で、私はあんまりな光景に思わず声を出してしまう。ユーリもショックを受けた様子で、声を漏らしていた。

「何をショック受けてるの？　人間の本性なんて――こんなものでしょう」

「……黙りなさい」

飄々《ひょうひょう》とした顔で歩くフローラが憎たらしい。

建前上、ここ非戦闘地帯では、戦闘行為や略奪行為は禁止されている。

しかし現実、そのような約束は守られるはずもない。至るところに激しい戦闘の痕跡が露《あら》わとなっていた。酷いのはおおよそ、王国騎士団による暴力の跡だろうか——激しい爆発の跡、滅んだ集落、更には魔族はもちろん、守るべき国民であろう人間の死体まで転がっていた。

巻き込まれたのは、この地に住まう一般人だ。

私は思わず、顔を逸《そ》らしたくなる。シュテイン王子の命令で戦争に踏み切った王国は、随分と暴走していると見える。

——そのときだった。

「おやおやあ？　随分と可愛《かわい》い旅人さんたちじゃないか」

「ひっひっひ、随分な上玉じゃねえか。久々の新顔だ、隊長も喜ぶぞ？」

耳障りな声。

現れたのは、王国軍の鎧《よろい》に身を包んだ男たちだった。誰もが下卑な笑みを浮かべており、信じたくもなかったが、れっきとした王国騎士団に所属する人間のようだった。

「なんですか、あなたたちは！」

王国の敗残兵。

彼らに騎士としての誇りなどなく、旅人を襲う盗賊と成り果てていたのだ。

「あなたたちには、騎士としての誇りはないんですか！」

私の問いかけにも、

「へっへっへ、強気な女は好きだぜ？」

「俺たちで味見しても大丈夫だよな」

男たちは、薄ら笑いを浮かべるのみ。

「男の方は殺して構わねぇ」

「最近ストレスが溜《た》まってたんだ。命が惜しければ——ふべしっ！」

じわじわと距離を詰めてきた男たちを、私は殴りつける。

男は何が起きたのか分からないといった表情で、そのまま吹き飛ばされていった。

「な、何しやがる！　いいか、俺たちの背後には——」

「関係ありません。ここは戦場——殺そうというのなら、殺される覚悟もできているでしょう？」

私は、鎌を取り出し、男に向ける。

自分たちが狩られる立場だと気がつき、今になって顔が青ざめた男は、私を睨みつけながら、

「漆黒のドレスに巨大な鎌——貴様は、まさか……魔女・アリシア！」

「私も随分と有名になったものですね」

尻もちをついたまま後ずさる男を、私は静かに見下ろした。

「ヒィイ、どうしてこんなところに、こんなバケモノが！　悪気はなかったんだ。どうか、見逃してくれ……！」

「あはっ、ほんとうに皆さん同じようなことをおっしゃるのですね」

どうして決まって同じ反応を返すのだろう。今頃になって死ぬことに怯《おび》えるのなら、最初からしなければいいのに……、私は呆《あき》れて小首を傾《かし》げる。

「——さようなら」

バサリと鎌を振り下ろし……、名も知らぬ王国兵は地に伏し、動かなくなった。


「アルベルト、殺したのはまずかったですか？」

「いいや、正体を知られた以上は、殺した方がいい」

アルベルトはそう言いながら、残る王国兵に手をかざす。

恐怖で動けない王国兵たちであったが、

「アルベルト、少しだけ待っていただけますか？」

「まさか情けをかけるの？」

「いえ——ただ、この人たちが気になることを言っていたので」

こいつらは、隊長のもとに連れて行くと言っていた。

非武装地帯の悲惨な状況は、これまで見てきた通りだ。

王国軍の手に落ちた村が、どのような目に遭わされているのか――知ってしまった以上、放置しておくのも後味が悪かった。

「あなたたち、連れて行きなさい」

「くそっ、絶対に後悔することに――」

「無駄口叩《たた》かず早く歩きなさい」

私は鎌を突きつけ、道案内させるのだった。


数十分と経たず、私たちは小さな集落に案内された。

その中には、想像を絶する惨状が広がっていた。

「お許しください！　これは、子供たちの最後の食料なんです……！」

「黙れ黙れえ！　これは聖戦のための貴重な物資だぞ！」

村の入り口には、騎士団の男にすがりつくおばあさんの姿。

食料品を巡ってトラブルが起きているらしい。騎士団の男は、煩わしそうに、おばあさんを蹴飛ばすと、

「ちっ、次逆らったら命はないと思え」

そう毒づきながら去っていった。

村の中ではいつまでもすすり泣く声がこだましていたが、その様子を誰も気にとめない。日常的に同じようなことが繰り返されてきたのだろう。


「ここは？」

「見て分かるだろう？　神聖ヴァイス王国軍の駐屯地だ」

「守るべき国民に、なんてことをするんですか！」

「何を怒ってるんだ。王国民が聖戦に協力するのは、当たり前だろう？」

私たちを案内した騎士団員は、当たり前のような顔で口にする。

心底、不思議そうな顔で問いかけられ、私は言葉を失ってしまった。


平和に暮らしていた村に、突如として訪れた王国騎士団。

戦争のため片っ端から物資を徴発していったのだろう。疲弊した顔の村人たちは、恨めしげな顔をしながらも、騎士団員を恐れて何も言えない。彼らにとって、もはや騎士団は盗賊となんら変わらないだろう。

「おい！　約束通り案内したぞ。だから――」

「ええ、ご苦労様」

私は鎌を取り出し、横薙《よこな》ぎに払う。

騎士団の男は、断末魔の悲鳴すら上げることなく絶命した。

——この地獄を生み出した者を相手に、容赦する気はなかった。

「それでアリシア、どうするつもりなの？」

「別に大したことは。ただ——気に入らない敵を斬る。それだけですよ」

「相変わらずアリシア様らしい物言いですね」

くすりとリリアナが笑う。

「本当は、こんなことをしている場合ではないんだろうけど……」

「やっぱり、まずかったですか？」

「いいや、ボクも目の前で苦しんでる人を放置するような魔王にはなりたくないかな。こうなっちゃったんだ——満足いくようにやっちゃおうよ」

「あはっ、アルベルトも悪そうな顔してますね」

私たちは、くすくすと笑い合う。

当面の目標は、この村を王国騎士団から解放すること。


初めにやったことは、この村の周辺に結界を張ることだった。

王国軍の本隊に、私たちの現在地がバレるリスクを少しでも減らすため。外部への連絡を、確実に遮断するためだ。

結界を張り終わった頃。

「これより、神聖ヴァイス王国に仇《あだ》なす愚かな人間の処刑を執り行う！」

私たちは、そんな声を聞くことになる。

気がつけば広場に、人だかりができていた。

「は、離せ！　お母さんの敵《かたき》！」

「この者の家族は、愚かにもヴァイス王国を裏切り、この村からの逃亡を企てた。我々のために働き、日々の物資を提供することは、シュテイン王子の王命――よって裏切り者に、死の鉄《てっ》槌《つい》を下すこととする！」

処刑台に引っ立てられていたのは、まだ十代前半の小さな少女だ。

遠巻きに見ている村人たちは、同情の視線を送りながらも、誰も止めようとはしない。村人たちは、皆、諦観の眼差しをしていた。

「あの子は、何をしたんですか？」

「へえ、とんでもないことで。騎士団員様の言うことに逆らって、食料をこっそり自分の物にしようとしたそうで――」

「こんな力で村を抑えつけるような騎士団のやり方は間違ってるって、立ち向かおうって村長を説得しようとして——それが見つかっちまったんだ」

「そ、そんなことで……？」

到底、信じられない理由だった。

集落の中心には、物騒なことにギロチン台が用意されている。

歯向かう者は徹底的に排除し、恐怖により人々を抑えつけているのだ。

「なんで皆、黙ってるの！　お母さんは間違ってない——こんなの絶対おかしい！」

「黙れ、この裏切り者が!!」

「こんな戦争は——シュテイン王子のやり方は間違ってる！　どうして私たちだけが、こんな目に遭わないといけないの！」

ギロチン台に括《くく》り付けられたまま、少女はそう声高に主張する。

怖くないはずがない。恐怖にすくみそうになりながらも、勇敢に、王国が、この村の現状がおかしいと声高に主張する。

「もういい、目障りだ。殺せ」

村を治めていると思《おぼ》しき男が、そう指示を出した。

断頭台の刃が少女に降り下ろされる、というそのとき——、

「あはっ、よりにもよって……。」

私は、瞬時に少女のもとに駆け寄った。

鎌を振るい、今にも降りようとしていた刃を弾《はじ》き飛ばし、

「私の前で、そんな不快なものを使おうとするなんて」

「……え⁉」

驚きの声をあげる少女を肩に乗っけるように抱き上げ、私は静かに立ち上がる。

何度も繰り返されてきた悪夢のような光景。それが目の前で崩れ去ろうとしている――目が合った村人は、みなあんぐりと口を開けていた。

「なんだ貴様は！」

「裏切り者を助けようというのか⁉」

――集落には、混乱が広がろうとしていた。


「え？　あなたは……、どうして私を？」

「あなたのような立派な人間が、ここで死んでいいはずありません。シュテイン王子なんて比べ物にならないぐらい――いいえ、比べることすらあなたには失礼ですね」

自身の死の間際まで、村人たちに働きかけた少女。

普通なら泣き叫んで命乞いをするだろう。最期まで自身の感情を貫き通すのは、並大抵の意志ではない。彼女の生き方は、いっそ眩《まぶ》しくすら感じられた。

そんな少女との語らいは、不快な声に遮られることになる。

「貴様！　その行為は、シュテイン・ヴァイス殿下のお心に反するものと知っての狼藉《ろうぜき》か‼」

「あはっ、おかしなことを聞きますね？」

こいつらは、私の顔を知らないらしい。

あまりに馬鹿げた問いに、思わず笑ってしまった。

「その名前は、もっとも汚らわしい名前です」

「なんだと⁉」

「自分勝手で、人の迷惑なんて何も考えない――そんな人間に忠誠を誓うなどお断りですね」

はっきりと言い切る。

「なら死ね！」

四人の王国兵が、私に向かって突っ込んできて――

「少し、目を閉じてて？」

「うん」

戦闘の血生臭さは、この少女には似合わない。

こういう少女こそ、戦場を知らぬまま優しく育ってほしい。

少女が目を閉じたのを確認し、私は王国兵に向き直った。

村人たちから徴発し、さぞかし美味《おい》しいものを食べていたのだろう。訓練すらしていなかっ

たのか、随分と緩慢な動きだった。私は、くるりと舞うように鎌を振るい、

「はっ？」

「へ？」

「あはっ、腕がなまってるんじゃないですか？」

またたく間に、四人の兵士を絶命させる。

もともと最前線に立とうともしなかった兵士崩れの集まりだ。

騎士と名乗るのもおこがましく、ごろつきと実力は大差ない。数分と経たずに、集落を恐怖で抑え込んでいた兵士たちは全滅することになった。

「さてと、あなたで最後みたいですね？」

「う、嘘《うそ》だ。こんな……あ、あり得ない――」

「残念ながら現実みたいですね」

へなへなと座り込む男。

こいつが、村を支配していた元凶だ。

処刑台には血がこびりついている。この集落では、これまでも悲劇が繰り返されてきたのだろう。つまらない男の命令で、つまらない男が、つまらないことをしてきたのだ。

正直、殺してやりたいという思いは山々だったが――

「あなたには役目がありますからね」

「……あ？」

私がかけるのは、精神汚染の魔法だ。

少しの間、相手の意識を奪い、思いのままに操る禁忌《きんき》とされた術の一つ。まあ、こいつが相手なら、何も問題はないだろう。

「何か聞かれることがあっても、異常なしと答えなさい」

「――ハッ、なんの異常もありません」

この村で何かあったという発見を、少しでも遅らせる。そのためには、連絡を取り合う代表を生かしておく方が良いと判断したのだ。


ちょっとした寄り道。

長居するつもりもなく、私は静かに立ち去ろうと思っていたのだが、

「夢か？　俺は、夢を見ているのか？」

「夢なもんか。あいつらは死んだ、死んだんだ！」

「それじゃあ、まさか――解放、されたのか⁉」

集落に佇《たたず》む村人たちが、ようやく目の前の光景を理解したのだろう。

徐々に喜びの声が広がっていき、

「お嬢ちゃん、なんて強さなんだ！」

「この村は、もう終わりだと思ってた！」

「あなたは村にとっての救世主だ！　本当になんと感謝すればいいか――」

私は、たちまち興奮した様子の村人たちに取り囲まれてしまう。それは思わず気圧《けお》されてしまうような、凄《すさ》まじい熱気であった。

「感謝なんていいですよ。ここには、成り行きで立ち寄っただけですから」

どうにもこうして称賛を浴びる事態には、慣れそうにない。

目を逸らして、私が小声で口走ったそのとき、

「あなたは――魔女、アリシア⁉」

村人の一人が、そんなことを口走った。

「え？　魔族と内通していたっていう……、あの？」

「ま、まさか――」

ヒソヒソと、ささやき声が広がっていく。

王国を裏切った魔女――また、ここでその評判を聞くことになろうとは。

反論しようとも思わなかった。

ただ、そう思われることへの諦観。どうでもいいと、黙って目を逸らす。

今となっては、魔族として王国を滅ぼさんと動いているのは事実だ。

そのまま、静かに立ち去ろうとして……、

「なんで！　どうして恩人に、そんな好き勝手なことが言えるんですか！」

響き渡ったのは、そんな人々を糾弾する言葉だった。

「この人――アリシア様は、私たちの村を助けてくださったんですよ⁉　それなのに……、恥ずかしいとは思わないんですか！」

そう訴えかけたのは、先ほどまで処刑されようとしていた少女だ。

意志の強そうな瞳で、村人たちに訴えかけるように声を上げている。真《ま》っ直《す》ぐで強い瞳――そんな少女を守れただけで、この村に立ち寄った甲斐《かい》があった、と柄にもなく考えてしまう。

「こんなことが、本当に正しいと思ってるんですか⁉　こんな素晴らしい方が、本気で王国を滅ぼそうとしていたと――信じているんですか⁉」

少女の訴えは純粋だった。

だけども、人の認識はそうは変わらない。

別に、それで構わない。だからいいのだ、そう声をかけようとして、

「たしかに――」

「あの王子は……、この戦争は――」

「ああ。あんなのに騙《だま》されるなんて……俺たちは、どうかしてたんだな」

村人たちの反応は、予想外のもの。

少女に対して否定的な反応は少なく、彼らは自身の行いを恥じるように首を振る。一瞬でも取り乱したことを恥じるように。

「聖女アリシア様。我が村を救ってくださったこと――勇敢な未来ある少女を守ってくださったこと……、感謝します」

深々とその場にひざまずき、そう私に真っ直ぐ謝罪してきたのだ。

聖女、アリシア。

それは、あまりに懐かしい響きだった。

「我々は、あまりにも疑うことを知らなかったのです」

「今なら分かります。この国を本当に守っていたのは――、アリシア様だったのですね……」

「それなのに、この国は……、本当に、なんてことを――」

集まった人々は、恐怖に震えていた。

シュテイン王子の描いた筋書きは、明らかにおかしい。

ヴァイス王国は、虚偽で塗り固められている――目の前の王国軍も、屑《くず》ばかり。そんな自身で目にしたものもあって、おのずと真実を理解しつつあるのだ。

王国を守っていたのは、処刑された聖女である。国の英雄を、自分たちは処刑したのだ。あまりにもむごたらしく、おおよそ考えうる限り最悪の方法で。

アリシアという少女が、どれほどまでに絶望したことか。どれだけ悔しい思いをして、どれだけ恨んだのだろうか。

彼らは、ただ恐怖に震えることしかできなかった。

「あなたたちは――」

目の前には、憎き王国民がいる。

地獄のような最期で意識を失う中、血を吐き、一度は復讐《ふくしゅう》を誓った相手だ。

あの日の憎しみは、ここに繋《つな》がっていたのだろうか。

問いかけるように、私は鎌を手に握る。今、思いがけず私は復讐のチャンスを手にしている。

「アリシア様……」

そんな私の前に飛び出してきたのは、私が処刑される寸前で助け出した少女だった。

「私は、ずっとアリシア様に謝りたかったのです」

ひざまずくと、そう切り出した。

「なんのこと?」

「私、あの日、あの場所にいたんです――」

あの日、それは、きっと処刑の日。

もちろん、私に見覚えはない。国をあげての盛大なイベントだったのだ。騙されて見に来た少女に、きっと罪はない――今なら、そう思う。

「ごめんなさい。鵜呑《うの》みにして――止められなくて……、ただ見ていることしかできなくてごめんなさい」

少女を悩ませていたのは、存在もしない罪への罪悪感だ。

村人たちが震えることしかできない中、こうして謝罪の言葉を真っ先に口に出せたこと――

やっぱり、この少女は勇敢な子だ。

「アリシア様には……、私を殺す権利があります」

「いきなり何を言い出すの！」

「それだけのことを、私たちはしたと思うんです」

気がつけば私は、ひざまずいて頭を垂れる少女を、優しく立たせていた。

「せっかく助かった命、大切にしてくださいな」

殺したいほど憎い相手は、いくらでもいる。

そいつらを殺すまで鎮まらない炎は、今も胸の奥底に渦巻いている。

そしてその炎は、目の前の少女を殺しても、なんら鎮火することはない。

今の私には、この少女を憎もうなどとは、ちっとも思えなかった。

「でも――、国のために頑張ってきて、ずっと尽くしてきて――それで殺されるなんて、あまりにもあんまりで……」

少女は、そう泣きじゃくる。

純粋な少女には、その事実は、恐ろしいほど重くのしかかったのだろう。その言葉は、自分でも思ってもみなかったほどに私の胸を軽くした。

「もし、あなたが何かを感じたなら――」

「アリシア様？」

「目を養ってください。そして、とことん考えてください。何が嘘で、何が本当か――そうすればきっと、あなたは立派な大人になれます」

私は、誰かに偉そうに講釈を垂れるような人間ではないけれど。

それでもこの少女が、願わくば綺麗なまま大人になりますように。幸せになれる、そんな未来が王国にも訪れますように。そんな願いは、たしかな本心だった。

私が、誰かに言葉を贈るなら……、

「そして人と分かり合うことを諦めてはいけませんよ？」

「うん。アリシア様！　私、アリシア様みたいになる！」

それは、やめておいた方が……。


そんな微笑《ほほえ》ましい声に見送られ。

私はアルベルトたちと、ブリリアント要塞都市を目指して歩き始めるのだった。

「良かったね、アリシア」

「……ええ」

アルベルトは、自分のことのように嬉《うれ》しそうだ。

偶然立ち寄った集落での小さな出来事。

良い出会いだったと思う。

「まあ、やるべきことは変わらないですけどね」

そう言って、私は愛用の得物を撫《な》でる。

数多《あまた》の王国兵の血を吸い込んだ鎌は、今日も赤黒く熱を持ち輝く。

私が立つべき場所は戦場だ。この戦争を終わらせるため、私はこれからも鎌を振るう——その道程は、決してこれからも変わらないけれど。

これまでの道は間違っていなかった、と後押ししてもらった気がして。

「いずれアリシア様がどれだけ偉大な方なのか、全王国民が思い知ることになりますよ」

「別に、どっちでもいいですって」

リリアナの言葉に、笑いながら突っ込む。

——そんなリリアナの言葉は、そう遠くない将来、現実のものとなる。


無人の集落。

結局、王国兵に支配されていた村人たちは、そのまま集落を出ることを選択した。

「異常なし、異常なし」

王国兵のリーダーは、村に一人残り、虚《うつ》ろな目で定時報告する。気がつかれる頃には、村人たちは、どこか遠くに逃げおおせているだろう。

「いやあ、見事なものでしたね。さすがは聖女様！」

「本当にいいものが見れたわ。ディートリンデ砦に保護を求めなさい、かあ。いいなあ――私も、魔導皇国に亡命しちゃおうかしら」

「っ!? おっかないこと言わないでくださいって！　敵国ですよ、敵国！」

無人の村で動く者が、もう一組いた。

ひょこりと動く彼らは、戦地の状況を伝える記者である。

「マルク！　ちゃんと撮れた？」

「ばっちりです！　王国兵の非道っぷりも、聖女様の天使っぷりも！　……だから、そろそろ帰りませんか」

「な～にを言ってるの！　記者なら、真実のためなら戦場で死ぬ覚悟を持ちなさい。まだ見ぬスクープが、私たちを待ってるわ～！」

少年の悲鳴と、少女の楽しそうな声が響き渡る。

非常に貴重な映像を残す魔道具には、王国兵の横暴の証拠がバッチリと記録されていた。それはシュテイン王子にとって、致命的な爆弾だったりするのだが……、それはまた別の話。

第五章

ブリリアントの要塞都市の戦い
〜vsイルミナ〜

名も知らぬ集落を訪問して、数日後。

私たちは、無事、ブリリアント要塞都市を視界に収める国境沿いに到着した。

ヴァイス王国領にあるブリリアント要塞都市は、その名の通り高い城壁に囲まれた戦闘用の都市だ。壁面には砲撃用の魔道具が設置されており、常に王国兵が監視の目を光らせている。

そこから数キロ離れた洞穴に入り、私たちは今後について話し合っていた。

「皆さん、無事にたどり着けたのでしょうか」

「人数分の通信用の魔道具を用意することはできなかったからね。そこは自分たちの部下を信じるしかないよ」

魔族が集まれば集まるほど、敵兵に見つかる可能性は上がるだろう。

ブリリアント要塞都市を攻略する肝は、相手の意表を突く奇襲にある。身を隠すために個別行動を取ることは、今回の作戦では欠かせなかった。

ディートリンデを守っていたブヒオの部隊は、少なくない被害を受けた。

ただでさえディートリンデの兵力は、ブリリアントに大きく劣る。いくら魔王城の支援があっても、ダイモーン、ディートリンデに続いて、ブリリアントまで攻め入るとは、ヴァイス王国は予想もしないだろう。

「今回の作戦、上手《うま》くいくでしょうか……」

「不安？」

「だって……、もし失敗したら——魔導皇国は終わりですよ」

私は、作戦会議の様子を思い出していた。

私とアルベルト、それに今動いている三つの部隊は、魔族側の中心戦力だ。全滅すれば、一気に形勢は王国に傾くだろう。

リスクも大きいが、この戦いでブリリアントを落とす意味は大きい。

敵の補給路を断つほか、この都市は、そのままヴァイス王国攻略への足がかりとなる。反面、私たちが全滅すれば戦況は王国に有利となる。

互いに重要なものを懸けたこの戦いは、決して負けられないものだ。


「アリシアの立てた作戦は、見事だと思う。ボクが保証するよ」

「でも、もしも見落としがあったら……」

「いい？　最後に作戦を決めたのはボクだ。アリシアが、気に病む必要はないよ」

アルベルトが、浮かない顔をする私をそう諭す。

魔王軍の指揮官としてすべての責任を持つと、アルベルトは言っている。それどころか、最前線で肩を並べて戦うことを選んでいる。

王国でのうのうと指示だけ出しているどこかの王子とは違うのだ。


今やることは、失敗を恐れることではない。

やるべきことを念入りに確認するのだ。

「まずは陽動部隊が奇襲をかけ、混乱に乗じて、私とアルベルトは中央装置を奪取。防衛機構の制御権を奪う……、そうですね？」

「うん。制御権を奪うのは、アリシア任せだけど——ごめんね、いつも大事なところを任せちゃって」

「ふふ、細かい制御は私の方が得意ですからね」

なぜ、私たちがブリリアントの弱点を摑《つか》んでいるかというと——魔族たちは王国内部に、スパイを送り込んでいたのである。

彼らは重要拠点であるブリリアントについては、まんまと見取り図を入手していた。……元王国の人間として、実にゾッとする事実である。

ブリリアントの特色は、魔道具を最大限に生かした防衛システムだ。

魔道具専門の技師も多く配備されており、優れた魔道具を用いて、半自動的に敵の戦力を撃退するシステムが構築されている。

それらの防衛用魔道具は、制御が中央の魔道具に集約されているという弱点を抱えていた。

中央の制御装置を破壊、あるいは奪ってしまえば、ブリリアントの防衛力は大きく低下する、というのが見取り図から読み取れる情報だった。

「アリシア、いっそここから魔道具の支配権奪えないの？」

「まる一週間集中すれば、あるいは……。でも、さすがに戦いながらは無理ですね」

「いやいや、冗談だからね!?」

え？　嘘《うそ》……本当に一週間あればできちゃうの!?

なんて驚くアルベルトを見ながら、私はおずおずと頷《うなず》く。

とはいっても、戦闘の役には立たないだろうけど。さすがに支配権を奪われそうなことに気がついたら、敵も黙っていないだろうし。

以前、滅ぼした商会が開発した、ちゃちな銃とは訳が違う。王国有数の防衛拠点だけあって、そう簡単に支配下におくことはできなさそうだった。

そうこうしているうちに、日没を迎える。

「さてと――そろそろ時間だね」

今回の作戦はこうだ。

ブリリアント要塞都市には南門、西門、東門と、大きな街道につながる出入り口が三つある。部隊の大部分は、陽動として緩衝地帯と繋《つな》がる南門から攻め入り、敵兵力を南部に集中させるのだ。

そして守りが薄くなったところで、本命の私たちが西門・東門から攻め込み、防衛機構の制御システムを探し出す。制御システムを破壊するか、支配下におけば、私たちの勝利だ。

この戦力で取れる作戦の中では、悪くない策だ。

だけども何かが、引っかかった。

「アリシア様？」

「大丈夫、アリシア。何か気になることが……？」

アルベルトと、リリアナが不安そうに覗《のぞ》き込んできた。

戦いの直前まで不安そうな顔をしているなんて、指揮官失格だ。

私は、意図的に思考を切り替え、

「行きましょう！」

鎌を携え、突き進む。

目指すのは東門。守りが薄くなっているはずの入り口だ。

――日が沈む頃。

第二隊、第四部隊が、勇ましい怒声とともに、一斉にブリリアントの南門を襲撃した。

魔道具により強化された魔族たちの攻撃は、容易に南門を破壊した。

突然の襲撃に慌てふためく王国兵を手玉に取り、またたく間に魔族たちはブリリアント要塞都市の内側に入り込む。

「派手に暴れてるねぇ」

「フレッグさんの魔道具、とんでもないですね⁉」

「あんなものが使われてなかったなんて。アリシア、あれを君の部隊で認めさせたのは本当にお手柄だよ」

ただの爆弾と揶揄《やゆ》されたフレッグが開発した魔道具は、戦地で猛威を振るっていた。

ある魔族は自慢の闇魔法で破壊を撒《ま》き散らし、スピードに優れた魔族は魔道具を設置し、至るところで混沌《こんとん》を撒き散らす。私たち特務隊も含め、どんな魔族でも一定の破壊力をお手軽に得られるというのは、こういった混戦で非常に使い勝手が良かったのだ。

王国兵はたちまちパニックに陥っていき……あんなものが飛び交う戦場で、防衛を命じられたらと思うと――敵でありながら、少しばかりゾッとした。

「そろそろ行きましょうか――サイレントミスト！」

「相変わらず凄《すさ》まじい魔法だね……」

「え？　まあ、気休め程度ですが」

アルベルトは、魔法の霧が体を隠すのを、興味深そうに眺めていた。

そうして私は、身を隠す魔法をメンバーにかけながら、東門を飛び越え要塞都市の中への侵入を果たす。

◆ ◆ ◆ ◆ ◆

「あはっ、一丁上がり！」

私が鎌を振るうと、一人の見張りが崩れ落ちた。

「お見事です、アリシア様！」

リリアナが、パチパチと手を叩《たた》く。

そんなリリアナも、杖《つえ》で水球を生み出し、相手を音もなく窒息させるという悪魔のような戦い方で、数人の見張りを屠《ほふ》っていた。

「えげつない戦いをするねえ、二人とも」

「お褒めいただき光栄です」

そんな私たちのコンビネーションを、アルベルトがやや引き気味に見守っていた。アルベルトの魔法は、どうしても目立つ。こういった隠密《おんみつ》行動には、不向きだったのだ。

私たちは、物陰に身を隠しながら、中央の建物に向かっていた。

手にした見取り図によれば、そこに防衛拠点を管理する魔道具があるはずだ。


見張りの王国兵は、たしかに数を減らしていた。

残っている者や、混乱した様子で慌ただしく走り回っている者も多い。南門への陽動作戦は、これ以上ないほどに成功しているようだった。

「前方から五人……、来ます！」

「どうしましょう、殺《や》っちゃいますか？」

「いいや、隠れてやり過ごそう」

この人数だからこその動きやすさ。

ときには王国兵の集団を、やり過ごし。

ときには王国兵の集団を、音もなく全滅させ——

一時間も経たず、私たちは目的地に到着した。


「ふう。まずは第一関門はクリアかな？」

「油断するにはまだ早いですよ？　本番はこれからです」

部屋の中央には、細かな地図が映像として映し出されている。

要塞都市の地図と思《おぼ》しきそこには、王国兵の位置や、侵入者——おとりとなって暴れている魔族たちの位置も、克明に表示されていた。

「アリシア、いけそう？」

「ええ。少し集中する時間があれば——」

これが、ブリリアントの防御システムを管理する制御装置か。

私は、少し緊張しながら、精緻な魔法陣に意識を向ける。七色に輝く複雑な紋章に、解析は一筋縄ではいかなそうだったが……、

「なるほど、見事なものですね」

不可能ではない。高度な暗号化が施されてはいるが、時間さえかければ問題なく支配下におけそうだ。私が、魔法陣の解析に取りかかったそのとき、
ゾワリ——

背筋に寒気が走る。

肌が粟立《あわだ》つ感覚。

「な、何これ……!?」

「アルベルトも感じましたか？」

巨大な魔術式に、魔力が流し込まれる気配。

魔術式は、私たちを包み込むように、膨大な範囲に刻み込まれていた。そんな魔法陣を発動

させるために、膨大な、あまりにも馬鹿らしい量の魔力が注ぎ込まれており……、

「嘘⁉　こんな魔法が発動されようとしているのに、気づけなかったというの⁉」

「アリシア、落ちついて」

「ごめんなさい。取り乱してる場合じゃないですね」

不測の事態でこそ、冷静さを失わないこと。

私もまだまだだな――アルベルトに内心で感謝しながら、私は冷静に発動している魔法を考察し、ようやく一つの失態に気がつく。

「まさか……、要塞都市そのものが……⁉」

複雑に入り組んだ内部の構造。侵入者を排除するために迷宮のような構造をしているのかと思ったが、その地理にはきちんと意味があったのだ。あまりにも馬鹿げた規模で、思わず考慮の外側に追いやってしまった事実――、
この要塞都市そのものが、事前に仕掛けられた魔方陣だったのだ。

数秒後。

謎の術式が完成する。

「ッ結界⁉」

完成したのは、数億個の魔法陣がひしめきあうドーム状の結界。

その青白い光は、要塞都市をスッポリと覆い尽くした。

ドーム状の結界から、きらきら輝く真っ白な粒子が舞い降りてくる。

一見、光のように幻想的な、しかしそれは間違いなく魔族にとって有害な物質で――

「ぐふっ――⁉」

アルベルトが、血を吐き、苦しそうに膝をついた。

疑いようがない。

さっき発動したのは、対魔族に特化した結界。

――私たちは、見事に罠《わな》に嵌《は》められたのだ。


戦況は激変した。

魔族にとっては猛毒となる結界に阻まれ、魔族たちはたちまち窮地に陥っていた。更には追い打ちをかけるように、

「悪《あ》しき魔族を滅せよ！」

「神の加護は我らにあり‼」

レジエンテの兵士たちが、一気にブリリアントになだれ込んできた。

「いったい、どこにあんな兵力が⁉」

「隠匿魔法⁉」

レジエンテの兵力が、予備兵力としてブリリアント要塞都市の周囲に待機。タイミングを見

計らって、一斉になだれ込んできたのだ。

「嘘……、だろう？」

「嵌められたっていうのか、俺たちは!?」

おとりを買って出た魔族たちは、瞬く間にパニックに陥った。

結界により力を封じられ、おまけに毒に体を蝕《むしば》まれ、とても満足に戦えない状態。その矢先の敵の増援である。

「落ち着くのじゃ！」

混乱に陥る魔族たちに、呼びかける者がいた。

和服衣装に身を包んだ狐耳少女——ライラは、毒に苦しむ仲間たちを視野に入れながら、

「アリシア様なら、この程度は予期しているはずなのじゃ！」

「で、でもよう？」

「我らがここで崩れたら、作戦はおしまいなのじゃ。今こそ聖アリシア隊の底力を見せるときなのじゃ！」

そう勇ましく呼びかける。更には持っていた治癒の魔道具が、結界の毒の治療にも使えることを発見し、味方を鼓舞していった。

「アリシア様が、作戦を成功させるまで！」

「俺たちが、ここで倒れる訳にはいかねえ……！」

再び闘志を燃やした魔族たちは、不利も顧みず、王国兵たちに決死の抵抗を続けるのだった。

◆ ◆ ◆ ◆ ◆

「完全に、やられましたね」

私は焦りながらも、自分とアルベルトを守るように浄化魔法を放つ。じわじわと体を蝕む毒を打ち消し続ける必要があり、そう長くはもたない対処法だった。

待ち伏せ。

こちらの策が読まれている。

「随分と好き勝手やってくれたもんだ。だけど——」

「ええ。このままやられる訳にはいきません」

どうして、こうなったのか。考えるのは後回し。

このままでは、魔族たちはまともに戦えない。

「くっ……、厄介な！」

「覚悟……！」

「舐《な》めるなっ！」

突っ込んできたレジエンテの兵士を、アルベルトが豪快に魔法で吹き飛ばした。位置は完全に割れてしまったが、もう出し惜しみはできない。

一旦、制御装置は後回し。

結界の魔術式を分析した私は、そのコアがブリリアントの中央部にあることに気がついていた。

「アルベルト、リリアナ。ついてきてください！」

まずはこの結界をどうにかしなければ、戦いにもならない。

私たちは、結界の中心を目指して走り出すのだった。


「ほら、早く治癒魔法をかけなさい」

「分かったわよ。まったく、なんって人使いの荒い！」

フローラに命じて、私はパーティに治癒魔法をかけさせた。

魔力はできるかぎり温存したい。

腐っても聖女であるフローラは、毒を浄化する魔法を得意としていた。この状況で逆らっても死ぬだけだと悟ったのか、彼女は予想に反して素直に従っている。

「アリシア、よくそんなに動けるね？」

「魔女といっても、元は聖女ですから。結界の効果も薄いのかもしれませんね」

「うらやましい限りだよ」

この中で一番つらいのは、アルベルトだろう。

「それにしても、アリシアは凄《すご》いね。この状況でも結界を分析して、そのコアの場所を特定するなんて」

「すいません。ここから魔力を送り込んで破壊できればよかったのですが……」

「相変わらずとんでもない発想をするね、君は……」

アルベルトが、静かにそうため息をつく。

「本当に、君が味方で良かった――」

「それは私もです。こんな状況でも希望を失わずにいられる――隣にアルベルトが、頼れる仲間がいるおかげですよ」

同時に、死にたくないと強く思ったのも、ここにいる人たちのおかげだ。

こんなところで諦めてなんていられない。


私たちは、入り組んだ路地を駆けていく。

「貴様らを倒せば、戦争は終わりだ。死ねえええええ！」

「次から、次へとっ！」

次々と襲い来る兵を一刀両断し、私は道を突き進む。

魔力の流れを辿《たど》るように。

急いで、だけど冷静に。

そうして駆け抜けた先で……、

「あった。これが、この結界のコア！」

それは見たこともない大きさの魔石。

要塞都市のちょうど中央部――すなわち魔方陣の中心に、魔力を供給するための魔石が設置されていたのだ。

まずは、あの魔石を破壊する。

その後、結界を打ち消すための魔力を注いでやれば、この局面を打開できる！

降って湧いた救いの糸。

一瞬、注意力が欠けてしまったのだ。

ふらふらと吸い寄せられるように近づいてしまい……、

「アリシア様、危ないっ！」

「アリシア！」

「……へ？」

私が、振り向くと同時、

「いらっしゃい、お馬鹿な魔女さん？」

そんな声と同時に、視界に映ったのは白銀の少女。レジエンテの王女にして、最前線で指揮

を執る少女の名は、

「あなたは――イルミナッ！」

完全に死角からの一撃。

態勢を立て直す間もなかった。

狂気的な笑みを浮かべたまま、イルミナは天高くから舞い降りると、

「がっ、何……を――」

「さようなら」

手にした短刀で、私の胸を深々と突き刺した――


急速に体から力が抜けていく。

「ど、毒……！」

戦局を覆すための鍵が目の前にあるのに、私の意識はどんどん薄れていく。

「さすがは王国の魔女。これで即死しないなんて――本当にしぶといのですね」

イルミナが、手にした短刀をもてあそびながら呟《つぶや》く。

非常に強力な毒だった。内部で増殖し、簡単には治療できないような厄介極まりない性質。

対聖女を念頭において、私を照準に合わせた強力な毒だった。

だけども……、関係ない。

心の炎が燃えている限り、私は決して死ぬことはない。

「あはっ、ここで会ったが百年目。ここで引導を渡してあげるわ」

長期戦になれば、毒が回って不利になる。

目指すべきは短期決戦。

イルミナを撃退した後は、速やかに結界の解除もしなければならないのだ。この体が、どこまでもつかは分からないけれど……、
唇を噛《か》み、私は無理矢理にでも意識を保つ。

体調は最悪に近い。でも、まだやるべきことがある。

「無理しないでよくてよ？　あなたはもう頑張った——後は、ゆっくり休んでいいのよ？」

「戯言《ざれごと》をっ！」

渾身の力で鎌で斬りつけたが、あっさりと受け止められる。

どうにも手に力が入らない。

それでも、ここで引く訳には——

戦闘を続けようとする私だったが、体がついてこず、ガクリと膝をついてしまう。

「なんで——」

「アリシア、そこまでだ」

優しい声。

アルベルトが、私を守るように割って入ったのだ。

「アルベルト？」

「相変わらず心臓に悪いことをするね、君は……！」

イルミナの方を見もせずに、アルベルトは私に向かって声をあげる。その声は、怒りというよりは懇願の色が強かった。

「ここはボクに任せて。アリシアは、今は治癒に専念して……そうじゃないと、ボクは――」

「でも……。そんなことをしている間に、戦いは……」

「でも、も何もない！　そんなに傷だらけなのに……、どうして君は……。アリシアは少し休んでて？　この戦いは、ボクが絶対にどうにかするから」

アルベルトは、泣きそうな顔をしていた。

「どうにかって……？」

「アリシアの焦りは分かるよ。分かるけど――たまには、ボクに守らせてよ」

そう言われても、この局面で、私だけがのうのうと休めるはずがないではないか。何かを言い返そうと、私も、口を開いたところで、

「う～ん？　魔王と聖女が、そんな言い争いをして……。いったい、何を考えているんですの？」

イルミナが、脳天気な声で首を傾《かし》げ、

「それで……、わたくしは、いったいいつまでこの茶番を見ていれば良いのですか？」

心底馬鹿にした様子で、そう言い放つのだった。

「なんとでも言ったらいいさ。イルミナ……、君はボクの大切なアリシアを傷つけた——覚悟はできてるんだろうね」

「あらあら、怖い」

アルベルトは、本気で憎悪のこもった視線を向けて。

一方のイルミナは、いつぞやのように軽い口調で肩をすくめるのみ。

「死ね」

アルベルトが、予備動作もなく闇の魔力を収束した。そのままイルミナの立っていた場所に爆発を引き起こす。

「残念だけど、あなたたちはここで死ぬ。なぜならそれは、神の導きだから——」

「戯言を……！」

——ついに戦闘が始まった。


「アリシアは、休んでて？」

脳裏に響くのは、アルベルトの声。

純粋に私の身を案じる声。客観的に見て、私は既に満身創痍なのだろう。まともに立っていることすらできず、体は毒に侵されてギリギリの状態。だけども……、

「あはっ、私だけ休んでるなんてつまらないですよね」

もし、自分だけが生き残ってしまったら。

それは恐ろしい想像だった。

自分で自分を許せない。

そんな未来が来てしまったなら、きっと私は死を選ぶだろう。

あるいは、復讐《ふくしゅう》のために無茶な戦いを続けて——結局、ろくな死に方はしないだろう。

同時に、頭の中の冷静な部分が告げる。この戦いはアルベルトに任せるべき。それより、ここで、私にしかできないことは……、

「やってやりましょう」

私の目の前には、イルミナの作り出した性質《たち》の悪い魔方陣。

その術式を解除して、戦況を有利に運ぶこと——それが今、私がやるべきことだ。


アルベルトは、血の気の引く思いだった。

彼にとって、アリシアという少女は言うまでもなく特別な存在だ。

こんなことになるなら、やっぱり強引にでも魔王城に置いてくるべきだったと思う。たしかにイルミナの不意打ちは完璧だったが、それでも普段のアリシアなら、難なくかわしていただろう。

ダイモーンの里の戦いから始まって、ディートリンデ砦《とりで》、ブリリアント要塞都市と、激戦が続いてきた。やっぱりアリシアの負担になっていたのだ。

後悔してもしきれないが、そんなことより今考えるべきなのは、

「イルミナだっけ？　よくもアリシアを……！」

「怒るフリなんてしなくてもよくてよ？」

にっこりと美しく微笑《ほほえ》むイルミナは、既に臨戦態勢に入っていた。

「どういう意味さ」

「そのままの意味ですわ」

イルミナが短刀を振りかざし、アルベルトに襲いかかろうとしたときには、

「遅いね」

アルベルトは、音もなくイルミナを中心に爆発を引き起こす。

魔術式の構築から詠唱までの工程をすべて破棄したそれは、一瞬で、イルミナの内臓をズタズタに破壊した。大量に吐血して命を落としたかに見えたイルミナであったが、

「無駄、ですわ！」

次の瞬間、イルミナの姿はそこにない。

たしかに命は奪ったはず——それなのに次の瞬間、アルベルトの背後に転移する。イルミナは勝利を確信した様子で、短刀を突き刺そうとしたが、

「種はとっくに割れてるよ」

「なっ⁉」

アルベルトは振り返りもせず、イルミナに向かって掌底を放つ。

予想もしていない反撃を喰《く》らい、イルミナはくるくると回転しながら吹き飛ばされ、そのまま地面に激突した。

イルミナは、自らの命を発動条件とするカウンター魔法を得意とする。

以前の戦いで、その手口は把握していた。アルベルトは、イルミナを相手取ったときの戦い方を、何度もシミュレーションしていた。魔族と人間の全面戦争――敵将との衝突は、絶対に避けられないと確信していたのだ。

「お強いですわね」

「それはどうも」

「でもこの戦場は、あなたの負けですわ。あなたの大切な仲間は、私たちレジエンテに敵《かな》わない。あなたは兵力の大部分を失うことになりますわ」

ただ事実を述べるように、イルミナは口にする。

「もはや結果は見えた――それなのに何があなたを、そこまで駆り立てているんですか？」

「それで揺さぶりをかけたつもりかい？」

つまらなそうな声で、アルベルトはイルミナに取り合わない。

命を奪った直後こそ、守りに集中せよ。それが鉄則であり、逆に言えば奇襲さえ受けなければ、イルミナの攻撃はそこまでの驚異ではないのだ。

「イルミナ、君の狙いはボクとアリシアを討つことだったたんだね」

「何のことかしら？」

別に認める必要もないさ、とアルベルトは攻撃の手を緩めない。

戦いは一方的なものになりつつあった。

「一度ディートリンデを落としてボクたちをおびき寄せ、そのまま自分たちは早々に逃げ帰ってディートリンデを明け渡したんだ」

「あら？　そんなことをして、いったいなんのメリットが？」

すっとぼけたように笑うイルミナを、アルベルトは鼻で笑い飛ばす。

「すべてはボクたちを、罠を張ったブリリアントに誘い込むため――魔王城で暴動を起こしたのも、君の部下の仕業かい？」

「へえ？　そこまで気がついていたのですね」

アルベルトの憎しみのこもった視線もものともせず。

イルミナは余裕の表情を崩さず、飄々《ひょうひょう》と認めるのだった。

「気がついたのは、ついさっきさ。アリシアにしか解けない結界があって、アリシアを殺すために作られた毒を持った君がいた――偶然とは考えづらいよね」

「だとしたら、どうしますか？」

「殺すよ、君は」

アルベルトを突き動かしていたのは純粋な怒りだ。

大切な少女を傷つけたイルミナへの怒りと、そんな事態をみすみす許してしまった自身への怒り。怒りを飼いならし、アルベルトは冷徹に敵を排除するべく、機械的に戦いを続ける。

「どれだけ怒り狂っても、わたくしを殺すことはできませんわよ？」

「なに、問題ないよ」

それは戦いとも呼べない、一方的なものとなった。

イルミナに、有効手はない。対してアルベルトは、一撃でイルミナを殺せる。たとえ死をトリガーとした魔法を持っていても、攻め続ければ関係がなかった。

「どうしたの？　まさか、それで終わり？」

アルベルトは、もともと敵対する者には容赦ない苛烈な性格を持つ。優しさは、己の大切な存在にのみ向けられるのだ。

「くっ、まさかこれほどの力を持っていたとは……。誤算ですわ」

アルベルトの取った戦術は、実にシンプル。

幾度となくイルミナを殺したのだ。反撃の隙すら与えず、さりとて瞬殺はしないよう。

何度も死の恐怖を受ければ、まともな精神など保てるはずもない。

これ以上ないほどの残虐な戦い。

それは、心を折るための戦いだった。しかし……、

「結界が効いてませんの？　なんなんですの、その強さは？」

「そっちこそ……。まともな精神じゃないね」

思わず毒づく。

結果、訪れたのは膠着《こうちゃく》状態。

蘇《よみがえ》ったイルミナは、次の瞬間には殺される。

しかしその戦意は決して衰えず、蘇生《そせい》したそばから相手の命を狙うのだ。無論、その刃《やいば》も届かず、またしてもアルベルトに致死ダメージを負わされ……、

「まともな精神なら、ここには立っていませんわ」

「それもそうか」

その言葉には同意だった。

隙は一瞬だった。アルベルトとて、一瞬の油断が命取りになることは、重々承知している。

蘇生したイルミナには、全身全霊で警戒していた。反撃の隙を与えないように。

それでも、その狙いを看破することができなかったのだ。

誘導されていたのだろう。

イルミナが蘇生した場所は、アリシアの目の前だった。

しまった――

一瞬生じた思考のぶれ。

いつもと同じことをしていれば、決して生まれなかった隙。アルベルトは一瞬、動きを止めてしまい……、イルミナはその一瞬こそを待っていたのだ。

「止まりなさい！　この女がどうなってもいいの？」

アリシアは、毒で朦朧《もうろう》とする意識の中、結界解除に集中していた。

反撃などできるはずもなく、イルミナは悠々とアリシアに短刀を突きつけた。

特別な毒が塗られたものだ。

もう一度攻撃を喰らえば、アリシアはもう助からない。

人質。

この局面で、それは非常に有効に機能する。

動きを止めたアルベルトを見て、不思議そうな顔をするイルミナだったが、迷いは一瞬。

「お伏せなさいな」

やがて、勝ち誇ったように宣言する。

アルベルトは、結局その場で手を上げて投降するしかなかった。

アリシアに少しでも危険が及ぶような選択を、当然、彼は取ろうとはしなかった。

「あなたたちも、少しでも動いたら……分かってますわね？」

隙をうかがっていたリリアナも、釘《くぎ》を刺され悔しそうに武器を捨てる。

アリシアは、反応を示さない。

毒に体を蝕まれ、既に気絶していたのだ。

もっとも執念からか、結界の大部分は破壊されている。この都市の結界は、数年がかりで築き上げたものだ——内心でイルミナは、舌を巻いた。

イルミナは、自身に回復魔法をかけて傷を治療していく。

「まさか、本当に戦うのをやめるなんて。そんなに、この女が大事なの？」

「当たり前だろう」

「まあ、この女が生きてさえいれば、結界が解けるかもしれませんものね？」

「そんなの……、関係ない。くそっ」

イルミナは、アルベルトをテキパキと拘束する。

聖なる力のこもった発光する紐《ひも》で縛り上げられる。信じられないことに、その紐はアルベルト——すなわち魔王の魔法すら封じてみせた。

対・魔王の魔法を封じる術式。

アリシアを奇襲で仕留めるための毒。

イルミナは、本当にこの戦いに照準を置いていたのだ。

拘束されたアルベルトのもとに、イルミナは歩いてくる。

いつになく可憐《かれん》な笑みを浮かべたイルミナは、黙って縛り上げられたアルベルトを見下ろした。そうして、口に出した言葉は、

「ねえ、和睦を結ぶなんてどうかしら？」

到底、信じられないもので――

「は？」

アリシアを殺しかけ、戦争を仕掛けた張本人が。

どの口で、そんなことを言うのか。

思わず剣呑《けんのん》な声を出したアルベルトを見て、くすりとイルミナが笑う。

敵の狙いが、まるで分からない。

今や戦局は、圧倒的にイルミナに有利だ。殺すだけなら、すぐにでもここにいるメンバーを全滅させられるだろうし、それは今後の戦争を大きく有利にする。

「面倒なのよ。これ以上戦うのは」

「君たちは、魔族を全滅させるって言ってなかったっけ？」

「あれはシュテイン王子が勝手に言い出したことですわ」

イルミナの思惑は分からない。

言葉を返さないアルベルトを見て、イルミナは残念そうに首を振ると、

「残念。それじゃあ、交渉は決裂ですわね」

イルミナはそう言うや否や、何やら複雑な魔方陣を宙に描き出す。

怪しげな術式は、アルベルトの見ている前で不気味な光を放ちながら、ますます大きさを増していく。

アルベルトは、特段、魔法のスペシャリストという訳ではない。イルミナの刻み込んでいく魔方陣は複雑すぎて、まるで効果が読み取れない。しかし理解できないながらも、その脳内では、ずっと警鐘が鳴り響いていた。ろくでもない何かだというのは、本能レベルで察してしまったのだ。

とは言っても拘束された身では、結局、大した抵抗もできず――

「レジエンテに伝わる秘術――まさか、本当に使う日が来るなんてね」

「いったい、何を……」

「心臓――いただくわ」

イルミナは、アルベルトに手を伸ばす。

その手は、アルベルトの体を、何の抵抗もなく通り抜け――

「がっ――」

イルミナが心臓を鷲掴《わしづか》みにし、アルベルトは苦しそうに呻《うめ》き声をあげる。

レジエンテは、対魔族の戦争を有利にするため、様々な研究をしていた。

捕らえた魔族で人体実験を行い、その中で気がついたのだ。

心臓を抜き取った魔族は、心臓を通じて命令を送り込むことで、自在に行動を操ることができるということに――


イルミナの作戦は、敵対勢力アリシアの排除。

及び、アルベルトの捕獲。

敵の最大勢力であるアルベルトを、支配下におくこと。

淡々と命令をこなし、心臓を取り出そうとするイルミナ。予定通りのことが、予定通りに進んだだけといった表情。その瞳には、おおよそ勝利の喜びすら浮かんでいなかった。

――そのときだった。


「ッ!」

イルミナが、自身の首を狙う致死の一撃を察知したのは。

慌てて回避したイルミナが見たのは、目の前を横切っていく大振りの鎌。

「死にぞこないが、しつこいですわよ」

「決着を……、つけ、ましょう」

イルミナが、バックステップで距離を取る。

対するアリシアは、薄い笑みを浮かべたまま、鎌を手にイルミナを睨《にら》みつける。

――そうして最後の戦いが、始まろうとしていた。


イルミナの張った罠。

戦況を覆すため、私は朦朧とする意識を繋ぎ止めて結界の解除にあたっていた。

背後では、イルミナとアルベルトの戦闘が始まっている。

私だけが、こんなところで眠っている訳にはいかない。

強い意思で、私は結界に魔力を流し込み続けた。

魔方陣の術式を解析し、あらゆる魔力を叩きつける結界を機能不全に追い込んでいく。実際に、結界の解除にあたっていた時間は、わずかなものだった。けれどもそれは、永遠にも感じられる孤独な戦いだった。

そうして結界を解除した私が見たのは、後ろ手に拘束されているアルベルトと、見たこともない魔法で心臓に向かって手を伸ばしているイルミナの姿で――


その光景を見て、私は、頭が真っ白になった。

アルベルトが死にかけている。

どうして？　戦闘では、圧倒していたはずなのに。

「──あぁぁぁああああ！」

声が漏れる。

何も考えられなかった。

ただ反射的に、武器を握った。

己の体調も、戦争のことも何もかもを忘れて。

ただ本能に突き動かされるままに。

「ッ！」

私の決死の特攻に、イルミナは意表を突かれたらしい。

アルベルトにかけていた術を解除して飛びすさり、警戒した様子で私を睨みつける。

「死にぞこないが、しつこいですわよ」

「決着を……、つけ、ましょう」

息も絶え絶えだったが、別に長期戦は必要ない。

ただ目の前の敵を倒せれば、それでいい。

王国民を皆殺しにして、自分も逝こうと思っていた。

少しだけ大切なものを見つけて、戦地では魔族と手を取って。また大切なものを失って生き延びるぐらいなら、この命は惜しくはない。

死より恐ろしいことを、私は知っているのだから。

『ロスト・ヘブン！』


——その痛みは、決して癒えない。

私は、いつまでもこの道を往《ゆ》こう。

あたり一面が、真っ白に染まっていく。


——そんな不気味な光景の中、真っ赤な月は上空で煌《きらめ》く。

血を浴びせよ、と。

黒い炎が、私にささやきかけてくる。

体が限界でも、精神だけは決して折れない。


「なんなのよ、なんなのよあなた——！」

「あはっ、覚悟はできた？」

目指すは短期決戦。

私は、ただ愚直に、真《ま》っ直《す》ぐイルミナに飛びかかる。

実際、私とイルミナの戦力は互角だった。

毒の影響で、私の体調も最悪だった。だけどもイルミナも、アルベルトとの戦闘で手酷《てひど》くやられていたし、最後に使った魔法で、かなりの魔力を消耗している。

こうなってしまえば、戦いは精神のぶつかり合い。

「はあっ！」

「このっ、死にぞこないがしつこいですわ！」

スピードを生かして、私はイルミナに果敢に斬りかかる。

何度も蘇生したことが、ボロボロになったイルミナから見て取れる。

アルベルトは、純粋な破壊力で、イルミナが復活するたびに致死ダメージを与えて、相手を戦闘不能に追いやろうとしたのだ。相手の魔力が尽きるまで、相手の心が折れるまで殺し続ける――効果的な手だと思う。

私でも、こんな状況でなければ、確実に勝つためにその戦法を取っただろう。

今の私に、そのような余力はない。

ならば一か八か、目指すべきは短期決戦。

相手の得意とするカウンター魔法そのものを破壊するのだ。

何度目か分からない斬撃が、イルミナを深々と貫いた。

「無駄、ですわ！」

「あはっ、それはどうかしら？」

私は、ある場所を鎌で切った。

注意深く見なければ分からない魔方陣。巧妙な隠蔽が施された恐ろしく精緻なそれは、パキンと小さな音を立てて砕け散った。

死をトリガーとするイルミナの魔法。

残っていれば無限に蘇生する凶悪な魔法は、たしかに破壊できる理論に基づく魔法にすぎない。たとえるなら、イルミナが死を許される回数とも呼べるもので――

「嘘っ？」

「一つ。いったい、いくつ隠しているのかしら？」

戦いは実にシンプルだ。

それは私の命が尽きる前に、イルミナを殺し切る戦い。

種が割れたことを悟ったのだろう。

イルミナは、戦法を露骨な遅滞戦闘に切り替えてきた。逃げ回るように立ち回り、こちらにちょっかいを出してくる戦法――私の消耗を狙う戦い方。

「はあぁっ！」

「どうして、動けるっていうの⁉」

精神のぶつかり合いで負けるつもりはない。

どれだけの地獄を見てきたと思っているのだ。

何度か、同じような光景が繰り返された。

私がイルミナのカウンター魔法を破壊し、イルミナの蘇生手段を奪っていく。確実に追い詰めているはずだ。

それなのに、この涼やかな顔はなんだ。

イルミナは、死を身近にしても顔色一つ変えなかった。

それが僅かな恐怖ではあったが、もう止まることもできない。

鎌を振るい、ついに最後の一つを破壊する。

とどめを刺そうと、一歩、踏み込んだところで……、

「舐めないでっ！」

イルミナも、覚悟を決めたように手をかざす。

短刀を捨てた彼女が握っていたのは、魔法で作られた輝かんばかりの槍《やり》。古《いにしえ》の時代に生きた伝説の戦乙女が握っていたと言われる光り輝く武器。

私の鎌は、深々とイルミナの肩から腹にかけて貫き、

——イルミナの槍もまた、私の腹を容易に貫いていた。


口からあふれる熱い液体。

それが自身の血だと気がつくまでには、時間がかかった。

続いて襲ってくる耐え難い脱力感。

もともと毒で満身創痍だったのだ。

体から力が抜けていく――ああ、死ぬんだなと他人事のように思った。

結界を破壊し、アルベルトの命を守り、楽になれるんだなという喜びよりも、不思議と寂しさが大きかった。

向こうでイルミナも倒れている。

敵の主力と相打ち――死にかけた身なら上出来だろう。


あたりの景色が元に戻っていく。

世界に色が戻り、戦場の喧騒《けんそう》が戻ってくる。

「アリシア様っ！」

リリアナが、泣きそうな顔で私の名を呼ぶ。

「アリシア、こんな終わり方ってないよ。アリシア――」

アルベルトは、人目もはばからずに涙を流しながら崩れ落ちた。

私にすがりつくような彼に、何か言葉を返したいと思っても、悲しいことにもう口すら動かない。血を流しすぎた。毒が体内を蝕み続けている。

意識が、どんどん遠のいていく。

そのときだった。

「――この薬を、そこの魔女に飲ませてくださいな」

声を発したのは、イルミナ。

私に敗れ、倒れたまま死を待つはずの少女であった。

「イルミナ――よくも、よくもアリシアを……！」

アルベルトが、怒りに満ちた目でイルミナを睨みつけた。

敵。復讐。捕虜にすれば、レジエンテを相手に有効な手段が取れるかもしれない。

頭の冷静な部分がそうささやいても、アルベルトは自身の中で渦巻く怒りを飼いならすことができなかった。

「待ってください」

「何、リリアナ。君だって、この女が――」

「薬って、この人は言いました」

「何を言っているのさ」

呆然《ぼうぜん》とするアルベルトをよそに、あろうことかリリアナはイルミナから薬を受け取ってしまう。更にはそれを、躊躇《ちゅうちょ》なくアリシアの口に流し込もうとするのを見て、

「リリアナ、正気か⁉」

「だって……！　僅かでも可能性があるなら、賭けてみたいじゃないですか！」

このまま放っておけば、アリシアは命を落とす。

だけども敵が差し出した薬を飲ませるなど、正気の沙汰ではない。

「イルミナ、どういうつもり？」

「ただの気まぐれでしてよ」

だけども必死の形相で迫るリリアナ。

そしてイルミナの不思議と澄んだ顔を見て……、

「分かったよ」

アルベルトも、気がつけばアリシアに薬を飲ませることに同意していた。


果たして、アリシアが飲まされた薬は――本当に解毒薬であった。

イルミナにより生み出された対聖女特攻の猛毒――アリシアを蝕んでいた毒は、特効薬でまたたく間に浄化されていったのだ。心配そうに見守る一同の目の前で、アリシアはみるみるうちに血色を良くしていき……、

「アリシア、アリシア！」

「アルベルト、無事だったんですね。良かった！」

パチリと目を覚ました。

最後には、アリシアの生命力がものを言った。

イルミナとの戦いでも、血を流しすぎて危険な状態には違いなかったのだ。普通の人間なら、そのまま帰らぬ人となっただろう。しかしアリシアは、これでも元聖女だ。毒に蝕まれる心配のない今、アリシアはあり余る聖女パワーを十全に発揮して、あっという間に傷を癒やしてみせた。

あまりの早業に、アルベルトがあんぐりと口を開けていたほど。

むくりと立ち上がったアリシアは、

「なんで私を助けたの？」

そう問いながら、倒れているイルミナに鎌を向ける。

カウンター魔法は、たしかにすべて潰したはず。まだ警戒心はあったが、もうイルミナに抵抗できる余力はないと思う。

イルミナは、そうねえ、と場にそぐわぬのんびりした口調で答え、

「それなら少しだけ昔話を聞いてくださらない？」

と答えるのだった。

「レジエンテ対魔族特攻兵器〇〇三七番――それが私の名前よ」

イルミナが、淡々と口を開く。

私――アリシアは、その口から出てきた不穏な言葉に首を傾げる。

「……兵器？」

「生物兵器――簡単に言えば神聖力を多く持っていた王女のクローンね。一番、出来が良かった私が、そのまま実戦配備されたの」

宗教国家レジエンテ。

その悲願は、魔族を殲滅《せんめつ》して大陸に平和をもたらすことであった。

そのための研究の一つが、対魔族特攻兵器の開発。

生まれつき病弱でありながらダントツの神聖力を持っていた王女のクローンを大量に生み出し、兵器として育て上げたという。

病弱な王女のスペアとして。

戦場で使える道具として――倫理観は無視された。


訓練は、過酷を極めたという。

同じ顔の人間が、毎日バタバタと死んでいく地獄の日々。

私は、カウンター魔法の発動条件を思い出し、ゾッとしていた。自らの死をトリガーとする魔法……、普通の神経なら試そうとも思わないだろう。

失敗した者は、ただ死んでいったのだ。

そうして生き残ったから、イルミナという少女はこの戦争で指揮を執っている。

一番の傑作。

結局、早くに亡くなった王女の代わりに、この〝イルミナ〟がレジエンテの王女の座に納まった——そういう事情らしい。

「あーあ。魔族、皆殺しにしたかったんだけどなあ」

あまりに無邪気な声。

わたくしたちのような者は、もう生まれてほしくないですもの——そんな言葉を聞かされてしまえば、恨む気も起きなかった。

「なら……、なんで私を助けたの？」

「それは——」

私の言葉に、イルミナは一瞬口を閉ざし、

「あなたたちに理想を見てしまったから」

なんて言い出すのだ。

「理想？」

イルミナは、安らかな顔で目を閉じ、

「愛し合い、深い信頼関係で結ばれたあなたたちを見ていたら――魔族と人間は、戦わない未来があるかもしれない。そう信じたくなってしまいましたの」

静かに笑う。

戦いに敗れた者――その末路に、ちょっとした夢を託して。


信頼関係で結ばれた……、か。

私は、無意識にアルベルトを見てしまう。

ぱちりと目が合った。

未《いま》だに、こちらを案じるような視線が向けられている。

どうしてだろう。その瞳を見て、術式を向けられていたアルベルトを見てパニックに陥ったときを思い出し……、私はむず痒《がゆ》くなって顔を背けた。

不思議な感情だ。

これは、何なのだろう。

「早く殺りなさいな」

イルミナが、観念したように呟いた。

そこに抵抗の意思はない。

既に彼女は、舞台を下りることを決めているのだから。

私は、改めてイルミナに視線を戻す。

この戦争のキーマンの一人にして、本気で殺し合った相手——不思議と恨みは湧かなかった。

互いに国の思惑で、使い潰されそうになった身。

同情はしないが、親近感を覚えてしまう。

私は、鎌を手に取りイルミナに向けた。そして……、

「何のつもり？」

静かにしまう。

死を望む者の首を、わざわざ刈り取ってやる義理はない。

この鎌はきっと、生き汚く、醜く生に固執する者の血を求めているから。

「見逃そうっていうの？」

「レジエンテの兵は、あなたの言うことしか聞かないでしょう。私たちには、レジエンテの兵と戦うだけの余力はない。それだけのことよ」

命を救われた分。

次会ったときは、きっと命を奪い合うときだ。

「はあ。アリシアが決めたことなら……、分かったよ」

アルベルトも、渋々といった表情で頷くのだった。

「次に戦場で会ったら敵同士。互いの生き残りをかけて、そこで雌雄を決しましょう」

「そう…、そんな結論を出すとは思いませんでしたわ。そう、ですわねえ。そんな未来は、きっと来ないと思いますわ」

にっこりと微笑み。

イルミナは、吹っ切れたような顔で立ち上がる。

それが、このブリリアントで彼女を見た最後だった。

「アルベルト、次は南門の皆さんを助けるために――」

結界は破壊した。

それでも、おとりになった南門では、未だに激しい戦闘が繰り広げられている。

犠牲者を減らすために、まだやれることがある。

まだ戦うつもりでいた私だったが……、

「……あれ？　何でしょう――？」

空が回っている。

真っ直ぐ立っていることもできなくなり……、

「――アリシアッ！」

倒れそうになったところで、アルベルトに抱き支えられる。

大げさすぎだ。

まだ戦えますよ～⁉　と口にしようとして。

どうにも抗《あらが》えない眠気に襲われ、そのまま目を閉じてしまい……、

「アリシア、アリシア！」

「アリシア様⁉」

二人の悲鳴のような声を聞きながら。

私はパタリと意識を失った。


ブリリアントの砦での戦いは、双方の兵に甚大な被害をもたらしながらも、最終的には魔族が砦を奪取するという形で決着した。

おとりとして突入した魔族軍は、半数近くが負傷。

迎え撃った王国兵とレジエンテ兵も、魔族たちの激しい抵抗で大勢の死傷者を出した。ブリリアントでの戦いは、全面戦争開始後、最大規模の衝突となった。双方にこれまでの比にならないほど多くの犠牲者を出した。

アルベルトは気絶したアリシアを連れて、信頼のおける兵とともに魔王城に即座に帰還。

魔王城から、現地の部隊を指揮することになった。

イルミナは、驚くことにブリリアント砦の防衛から手を引いていた。

その後、彼女を戦場で目撃したという証言は得られていない。

防衛装置の大半が破壊されたことで防衛力を大きく落としたブリリアント砦を、魔王軍は果敢に攻め立てた。相手が態勢を立て直す前に、拠点を手にするのは計画していた通りだ。

一度は撤退した魔王軍は、籠城する王国兵に対して何度も夜襲を敢行。

近くの砦を防衛していた戦力すらも追加投入し、一週間弱の激闘の果て、ついにはブリリアントの砦を落とすことに成功したのだった。


——そんな報告を、アルベルトは魔王城の執務室で聞いていた。

犠牲は大きかったが、作戦は順調に進み、勝利といえる結果だろう。だけどもアルベルトの頭の中は、一人の少女で占められていた。

レジエンテの敵将・イルミナを撃退し、ブリリアントの防衛機構を破壊してのけた今回の戦闘の立役者。第十二部隊のリーダーことアリシアは、今も目覚めず救護室で静かに寝息を立てている。

そんな中、アルベルトの執務室にメイド姿の少女が一人飛び込んできた。

アリシアの腹心である少女は、久々に憂いのない笑みを浮かべながら、

「アリシア様が目を覚まされました！」

という。アルベルトは、その報告を聞くや否や……、

「アリシアッ！」

待ちきれないとばかりに、執務室を飛び出していった！

それはもう溜《た》まっていた書類をほっぽりだして、一目散にアリシアの部屋に走り出していったのである。

「魔王様⁉　まったく、もう——」

慌てて止めようとしたのは、魔王の側近であるキールだ。

止めようとしつつも、止まるはずがないということも分かっており、深い諦めから静かにため息をつく。といいつつその表情は、仕方ないものを見る温かさが込められており。

「まあまあ今日ぐらいは許してあげてください。魔王様が、どれだけアリシア様を心配していたか——キールだって知っているでしょう？」

「ええ、分かってますよ」

アルベルトは、一見、いつも通りに采配を振っているように見えた。

しかしその裏では、しょっちゅう落ち着かない様子で部屋の中をうろうろしているということをキールは知っていた。

そうなだめるリリアナも、アリシアの部屋に戻りたそうにウズウズしており。

「まったく、あなたもアリシア様のそばについていたいのではないですか？」

「お言葉に甘えます」

あれだけそわそわしている少女がそばにいたら、逆に執務に集中できないとキールは面倒くさそうにリリアナを追い払う。申し訳なさそうな顔をしつつ、リリアナは嬉《うれ》しそうにアリシアの元に駆け出していった。

大量の書類を前に頭を抱えるのは、魔王の腹心であるキール。

「やれやれ」

愛されてるなあ――、と小さくため息。

それから、黙々と書類の整理を始めるのだった。


一方、王国では。

シュテイン王子への不満が、日に日に高まっていた。

レジエンテと手を組んで始まった〝聖戦〟は、一向に終わる気配がない。

民が貧困にあえいでいても、貴族たちは税を容赦なく取り立て、いつ終わるともしれない戦争にうつつを抜かしている。苦しい暮らしを強いられる弱者が大勢いる中、王宮では毎日、貴族たちにより豪勢なダンスパーティーが開かれている。

不満が高まっていくのも当然だった。

そんなある日、ついに決定的な事態が訪れる。

絶対の要塞として、信頼を寄せていたブリリアントが陥落したのだ。

ついこの間、ディートリンデを落としたという知らせを受けたばっかりである——シュテイン王子は、耳を疑った。

これは国内の士気にかかわる。

即座に秘することを決めたシュテイン王子であったが、

「号外、号外！　非武装地帯の真実！」

「ブリリアント砦陥落！　次の目標はニルヴァーナの砦？」

国内では、まことしやかにそんな噂《うわさ》が広まっていった。

調べると言論統制の利かない地方の記者の集団が、戦地におもむき、そんな真実を映像の魔道具とともに広めていたのだ。

——余計なことをしやがって！

シュテイン王子は、いまいましい思いで指を噛む。

兵を派遣し、記者の集団を滅ぼしてやってもよかったが、奴《やつ》らは国外にも拠点を構えている。

そう簡単には手が出せないし、行動を起こせば奴らとて黙ってはいないだろう。

対応を決めあぐねている間に、記者たちは次々と爆弾をばらまいていった。

戦地の様子が、次々と明るみに出始めたのだ。


――非武装地帯では、公開処刑が日常？

戦争に協力しない者は、容赦なく処刑されている。

王国兵は日々の暮らしにも困る現地民を武力で脅し、様々な物資を取り立てているのだ。

中でも年端もいかぬ少女が処刑台に上らされる映像は、目を覆いたくなるほどの酷《ひど》さだった。

廃れた村の中は、駐屯兵により荒らされ地獄――もはや扱いは奴隷と変わらない。到底、同じ王国民への扱いとは思えなかった。

あまりにも酷い民の扱いに、国民の怒りが高まっていく中。


王国の聖女、もとい魔女が、その村を解放した。

声高に正義を叫ぶ少女を、見せしめに殺そうとした王国兵。

少女を助けるため、危険を顧みず村一つを救い出した魔女アリシア。

国民がどちらに親近感を覚えるかといえば明らかで。

その姿は、自然と王国民に一つの疑念を植え付けた。

すなわち、あの公開処刑は真実だったのか？　と。

シュテイン王子の発表は、信憑性《しんぴょうせい》に欠ける。それは終わらぬ戦争から見ても明らかだった。

無論、言論弾圧を恐れて、国民が口に出すことはない。それでも王国内には、確実にそういった空気が出来上がっていった。


——一カ月以内にヴァイス王都攻略も視野に？

更に追い打ちをかけるように、そんな見出しの記事が公開された。

魔道具に映し出されたのは、魔王軍の旗が掲げられたブリリアント砦。

次に襲われるのは王都かもしれない。

もはや安全圏は存在しないのだ。


そうして、王国民は徐々に真実に気がついていく。

シュテイン王子は、国を守っていた少女を冤罪《えんざい》で処刑したのだ。更に証拠を隠滅するため、大義なき戦争を仕掛け、多くの犠牲者を生み出している。

このまま黙っていては、王国は魔族に滅ぼされる可能性すらある。

その日を境に、王国内では徐々にシュテイン王子に反旗を翻す者も増えていくのだった。

第六章　みんなが過保護すぎるのですが⁉

SIDE：フローラ

フローラにとって、魔族に囚《とら》われてからの日々は悪夢そのものだった。

真面目、誠実――そんなものはクソ喰《く》らえ、とフローラは思う。たった一度きりの人生。ほしいもののために手段を選ばないのは当たり前――事実、王国では王子に取り入り、聖女の地位すら奪い取り、国の頂点に並ぼうかという権力を得つつあった。

そんな矢先の転落――敵国に囚われるとは予想もしていなかったのだ。

「どうして、こんなことになってしまったのかしらね……」

こぼれ落ちていった栄華。

やることがなければ、無駄なことを考えてしまう。

フローラは毒づき、余計な思考を振り払う。

脳裏をよぎったのは、この状況を生み出したすべての元凶の存在だ。

魔女アリシア——かつてフローラの手によりすべてを奪われ、その復讐《ふくしゅう》心からフローラからすべてを奪っていった、王国における恐怖の象徴。

気に食わない。それがフローラから見た変わらぬ印象だった。

フローラにとって、アリシアの存在は目の上のたんこぶそのものだった。平民の生まれでありながら、聖女としての力を持つ清廉潔白な少女。何よりフローラが価値を見出していたものに、とんと興味を示さなかった生き方。

そんな綺麗《きれい》な少女を絶望させたのは自分だ。少女を壊し、世界を呪うまでに追いやったのは自分だ——処刑の瞬間、たしかにフローラは結果に満足していた。

だから魔王城で囚われた後、アリシアの瞳に復讐しか映っていないのを見て、密《ひそ》かに安堵《あんど》していたのだ。あんな人間ですら、〝こう〟なるのだと。

アリシアの様子を見て、仄暗《ほのぐら》い喜びを抱いた日。

しかしアリシアは、気がつけばまた変わりつつあった。

レジエンテの聖女——イルミナとの死闘。その中でアリシアは目に光を宿し、それこそ命を燃やしながら、何かのために戦っていた。復讐のためだけに生きて死ぬ——そう昏《くら》い瞳をしていたアリシアが、だ。

そのとき、フローラの胸中にあったのは得体の知れない苛立《いらだ》ちだった。理解できないものを見て苛立つ感覚——否、理解しようとしてしまえば、これまで己を作り上げていた価値観が音を立てて崩れてしまうような予感。

好き勝手に胸をかき乱しておきながら、肝心の少女は今も眠りから目を覚まさない——ふざけるな、とフローラは思う。

「……やることないと、本当にろくなこと考えないわね」

フローラは毒づく。

そうして彼女が選んだのは、今までの暮らしを継続すること。余計な考えを振り払うため。魔族たちの訓練相手としての日々に戻る……、それだけだ。

「このまま死ぬなんて、絶対に許さない」

別に心配しているわけではない。

だけども、このままでは勝ち逃げされたようではないか。

もう一度、アリシアに復讐がしたいのか。未知の生き方を、もう少し見るだけ見てみたいのか——アリシアが目を覚ましたとき、どんな顔で会うのだろうか。

複雑な感情を抱きながら、フローラはアリシアの目覚めを待ち続けている。

SIDE：アリシア

「アリシア様、一カ月は絶対安静です！」

「そうだよアリシア、訓練なんて許さないよ⁉」

「僕たちなら大丈夫です。アリシア様は、休息を取るのがお仕事です」

リリアナが、いつになく恐ろしい形相で。

アルベルトは、氷の彫刻のように美しい笑みで。

ユーリは、うるうると涙をにじませながら。

三者三様、私をベッドに押し戻す。

……どうしてこうなった⁉


――ハッ⁉

目を覚ました私――アリシアは、一生の不覚と絶望した。

どうやらここは魔王城の救護室。戦地で意識を失い運び込まれるなど言語道断。

幸い、戦いは勝利を収めたらしいが、あり得ない大失態に私は穴があったら入りたい気持ちだった。

幸い傍には、忠臣、リリアナの姿。

彼女なら、きっと私と同じ気持ちだろう。そんな訳で、

「明日から、訓練に戻ります！」

私は、キッパリと宣言。

「⁉」

「なまっていたのかもしれません。明日からは、訓練量を十倍、いいえ百倍に！　まず一週間は不眠不休で動ける体力を手に入れないとですね！」

「――魔王様！　アリシア様がヤバいこと言い出しました⁉」

リリアナはあんぐりと口を開けると、即座にアルベルトを呼びに走り出し――

あれ？　と思う間もなく、ドタバタとアルベルト、なぜかユーリまで引き連れてリリアナが戻ってきた。

……で、冒頭に戻る。

どうも私は、戦いから実に数週間もの間、眠り続けていたらしい。

激闘続きで、体が休息を求めていたのだろう。

ダイモーンまでの全力疾走に、ディートリンデの戦い、ブリリアントでは結界解除に、イルミナの毒――たしかに、ちょ～っと無茶をしたかもしれないけど。

これだけ馬鹿みたいに眠り続けたなら、もう休息は十分ではないだろうか？

「大丈夫ですって！　ほら、リリアナ？　私、昔から体だけは大丈夫でしたよね？」

「アリシア様？　聖女チートで、無理矢理どうにかしていたのは大丈夫とは言いません！」

ドタバタと、リリアナとやり取りしていると、

「アリシアは、いつもこうなの？」

アルベルトは、ちょっぴり呆《あき》れたような顔を見せた。

最初に見せた動揺はすっかり押し隠し、いつものように飄々《ひょうひょう》とした笑みを浮かべている。

ここにいると、やっぱり落ち着くな――

そう感じるのも不思議だったけど、心は嘘《うそ》をつかない。私が、ぽけーっと二人のやり取りを眺めていると、ぱちりとアルベルトと視線が合ってしまった。

「～～!?」

やっぱり、どうにも落ち着かない。

変な病気だろうか？

「アリシア、本当に無事で良かったよ。君に何かあったらボクは――」

「私は死にませんよ。王国を滅ぼすそのときまでは」

冷静さを取り繕う。

いつもと同じように案じる声が、なぜかくすぐったかった。

私は努めて、軽い口調で言い返す。

同時に、私はこの生き方を変えられないと思う。

たとえあそこで死んでも、きっと後悔はしなかっただろう。

同時に、アルベルトが死んでしまったらと想像したときの、胸を裂かれるような絶望も鮮明に思い出せる。きっと、同じ思いをさせてしまっているのだ。

なんて私は、身勝手なのだろう。

「アルベルト、皆さんは無事でしたか？」

「戦争で犠牲者が出るのは仕方ない。だけど結界が解除されたおかげで、ブリリアントを落とせたんだ。被害も最小限で済んだと思う――アリシア、お手柄だよ」

「そう、ですか……」

おとり部隊に加勢できたら、また状況は変わっていたのだろうか。

浮かない気持ちで、そう頷《うなず》きつつ、

「私、この戦い方はやめませんからね。同じ状況になったら――きっと同じことをしてしまいます」

嘘はつけない。そう告げる。

私にとって、あの場面で、あのように行動する以外は考えられなかった。

復讐――戦争の果てにあるものを、私は未《いま》だに渇望している。同時に、戦争を終わらせるため、一緒に戦った仲間を生かすため。

結局、捨てたつもりでも、そんな生き方は私に染み付いていたのだろう。

予想通りというか、アルベルトは静かに目を閉じていたが、

「やっぱりアリシアは、アリシアだね。本当に――美しい生き方だよ」

「え？」

しみじみとこっ恥ずかしいことを言い切るアルベルト。

「アリシア、無茶はしないでって言っても――無駄だよね……」

苦笑するアルベルトは、随分と私のことが分かってきたように見える。

私が、誤魔化すように笑おうとして――ふと……、

「もし無茶して、大変なことになっても――アルベルトなら守ってくれますよね？」

いたずらっぽく。

半分以上は冗談で。

私が、そう笑いかけると――

「守るよ。何を捨てても」

あまりにも真剣な答え。

真面目な顔で見つめられ、私はついつい顔を背ける。

また、変なことを意識してしまった。私とアルベルトは、ただの同盟関係で、ただのパートナーで、良いライバル関係で。

ああ、どれもこれも、イルミナが変なことを言ったせいだ。

次に会ったらぶった斬ろう。

「アリシア様、どうやったら休んでくれますかね？」

「ワーカホリックなんですよ、アリシア様……」

一方、ど失礼なささやきを交わすのはユーリとリリアナ。

救護室の中は、今日も平和だった。

❁ ❁ ❁ ❁ ❁

「ちょっとだけ、ちょっと訓練するだけですから！」

「だ〜め〜で〜す！」

そう言いながら、リリアナが何度も私――アリシアを、布団に押し戻す。

仕方ない。

かくなる上は、真夜中に抜け出して訓練を……、

「アリシア様、絶対ろくでもないこと考えてます！」

「な、なんのことでしょう？」

目を泳がせた先に、ひょこりとユーリが現れた。

「アリシア様、ゆっくり休まないと――」

「休まないと……？」

「泣きます。盛大に」

それは……、困る。

ユーリの嘘泣きは、敵に回すと恐ろしいのだ。

この三人には、随分と迷惑をかけてしまった。

たしかに、たまには耳を傾けるのもいいかもしれない。

休息するのも仕事――それも真実ではあると思うし。

「分かりました。一週間、一週間だけ休暇を取ります！」

再び横になった私に、

「ナイスです、ユーリ！」

「やりました、リリアナ様！」

「僕よりユーリのお願いを聞くのは、すご～く複雑なんだけど？」

アルベルトは、不貞腐《ふてくさ》れたようにジト目になる。

いつになく子供っぽく見える顔に、思わず笑みがこぼれてしまう。

戦場で見せた戦いぶりからは想像もできない姿。

それは私も同じだろうか。

——ああ、私は今を楽しいって思っているんだな
その気づきは自然な感情であり、同時にひどく意外に思えた。

復讐を果たすため、色々なものを捨てた気でいた。

それでも、今は心地良い。

特務隊時代とは違う、もう一つの居場所。

「そうか。だから、私のやりたいことは——」

復讐への渇望と、今を愛する気持ち。

それは相反するようで、どちらも矛盾しない。

ここが大切になればなるほど、壊されることが恐ろしい。

この平和を脅かす者は、何を置いても排除する——復讐の願いと同じぐらい、気がつけば私の中で育った大切なもの。

だからこそ、私は武器を手に取り戦うのだ。

ここを大事に思うからこそ、戦わなければならないのだ。

そんなとき、救護室の扉が開かれた。姿を現したのはフローラ——かつて私を死に追いやり、今は特務隊でこき使われている女の姿であった。

身を起こした私を見て、フローラは目を丸くしていたが、

「アリシア……様、お目覚めになったのですね」

妙に神妙な声で、そんなことを言う。

「何？　ずっと目覚めなければ良かった？」

「なんの用だい？」

私とアルベルトの視線を受けて、フローラはヒッと涙目になった。

地下牢《ちかろう》で囚われていた日々は、すっかり彼女のトラウマになっているらしい。

「ご報告申し上げます」

私が横になっているベッドの手前にひざまずき、フローラはそう切り出した。

報告……？　いったい、こいつがなんの用だろう？

不思議に思った私が、視線で続きを促すと、

「第十二部隊の訓練の件で――」

「え？」

驚くことにこいつは、私が眠っている間も第十二部隊の面々に訓練を施していたという。た

しかに従属紋の影響で、表立って敵対行動を選ぶことはできないだろうけど、

「リリアナの命令？」

そう問いかけると、リリアナはふるふると首を横に振った。

私は思わず、まじまじと見つめてしまう。

「いったい、どういう風の吹き回し？」

「別に？　雑魚魔族をおちょくるのがいいストレス発散だったってだけよ」

フローラは、露骨な舌打ちとともにそう答える。


「ストレス発散にしては、最近は随分と無様ですけどね」

「なんですって⁉」

「だって最近は、悲鳴を上げながら攻撃から逃げ回ってるだけじゃないですか」

リリアナの言葉に、フローラは面白くなさそうに黙り込む。

まあ、あの人数の魔族が連携を覚えたなら、間違いなく、フローラより魔族たちの方が優位に立つだろうけど……。

不思議とフローラは、特務隊の面々とも溶け込み始めているらしい。

これでも一つの戦場に参加して（最前線でオトリにされて、敵の魔法から逃げ回っていたと聞いた）多少なりとも情が移ったのだろうか。

「ふん。おおかた、訓練で触れ合う魔族たちの成長を見て楽しくなったとか、ライラに頼られるのが嬉《うれ》しくなっちゃったんじゃないですか」

毒のある言葉を、ぽつりと呟《つぶや》いたのはユーリだ。

「あら～？　訓練に参加すらしない弱虫に、いったい何が分かるっていうのかしら」

「不愉快なんですよ、その笑みも。その言葉も。なんでアリシア様を傷つけた悪魔から、教えを受けないといけないんですか？」

ユーリは、いつになく怖い顔をしていたが、

「フローラ、僕はあなたに決闘を申し込みます」

「「!?」」

驚く私の前で、ユーリはそんなことを宣言。

「決闘で勝った方は、一つだけ相手になんでも従わせることができる。そんなルールでどうですか？」

驚き言葉を止める私やリリアナ。

一方、フローラはユーリの挑むような視線を真正面から受け止め、

「あらあら～？　本当にいいの？」

にたあ、と意地の悪い笑みを浮かべる。

格下とみなした相手を前にした、ろくでもないことを考えているときの笑み。

「ユーリ、本当にどういうつもりで――」

「止めないでください、アリシア様。これは個人的な感情で――ただ許せないって、そう思っただけですから」

ユーリ本人に、申し訳なさそうに、けれどもはっきりとそう言い切られてしまえば、もうかける言葉などなく。

私は、ええ、と頷くほかなかった。


あっという間に、決闘の日になった。

場所は、訓練室。

かつて私が、ブヒオさんと決闘した場所だ。

私は、アルベルトと並んで客席で観戦していた。

「ユーリ、大丈夫でしょうか……」

「やれやれ。君もフローラも、あの子を甘く見すぎだよ。まあ見てなよ」

アルベルトが、楽しそうに壇上に視線を送る。

その確証に満ちた声を背に、私はこてりと首を傾《かし》げるのだった。

「うふふ、覚悟はいいかしら？」

「なんの覚悟ですか？　それにしても……、やっぱり思ってた通りですね」

壇上では、ユーリとフローラが睨《にら》み合っていた。ユーリはフローラへの怒りを燃やしながら、冷静にその弱点を見つけ出している。

「人間の間では、こんなことわざがあるんですよね？　弱い犬ほどよく吠《ほ》えるって――ああ、こういうことかって思いました」

「なんですって⁉」

無邪気な顔で、ユーリはフローラを煽《あお》る。

それは、アリシアの前では見せられないもう一つの顔だった。

フローラの弱点。

弱者とみなした相手からの逆襲。

相手を煽り、冷静さを奪う戦い方は、フローラも得意としていたが、だからこそ自分がその策中にあることには気がつかない。

フローラは獰猛《どうもう》な笑みを浮かべ、

「元奴隷の雑魚の分際で――ぶち殺すっ！」

「できるものならご自由に」

ユーリが黒い笑みを浮かべる中、戦いが始まった。

「威勢のいいことを言いながら、逃げ回るだけなのかしら〜？」

「そう言うあなたは、馬鹿の一つ覚えみたいに、つまらない戦いをしますね」

フローラの魔法を、ユーリが軽やかに回避する。

ユーリの武器は、呪詛《じゅそ》魔法をふんだんに埋め込んだ短刀だ。

接近しなければなかなか決め手がないが、フローラは魔法による弾幕を張り、なかなか接近戦を許さない。

「ふん。勝てばいいのよ、勝てば！」

「本当に――つまらない生き方がにじみ出た、実にあなたにお似合いの戦い方だと思いますよ」

悪く言えばフローラの戦い方はワンパターン。

シンプルゆえに、なかなか崩す隙もない。

口ではそう言いながらも、ユーリは防戦一方だった。

「あなたには大切なものが何もない。操られるままに生きて、ただ他人を踏みにじることだけを生き甲斐《がい》に感じて――。ああ、本当に悲しい生き方ですね」

「奴隷ごときに、生き方を言われる筋合いはないわよ！」

もっともユーリの顔に焦りは見られない。

事実、彼は着々とある準備を進めていたからだ。

「あなただって、今は奴隷でしょうに」

気がつかれないことが絶対条件の奇襲。

だからこそ相手に絶えず言葉を投げつけ、冷静さを奪い取る必要がある。

「それに僕は、奴隷でも構いません。聖アリシア隊で、アリシア様のために戦って。今の毎日に満足してます。志を同じくする仲間だっています。毎日がとっても幸せですから」

「その笑みを引っ込めなさいよ！　今は決闘――あなたの考え方なんて、誰も興味ないのよ！」

「へー、そうですか」

フローラの声と同時に、その魔法の威力が増す。

ユーリは、焦るどころか勝利を確信したような表情で。

「あなたは、これから先も誰かに必要とされることなんて絶対にない」

「あなたに何が！」

「つまらない生き方しかしてこなかったから、最後にはいつも捨てられるんです。あなたは最後には必ず一人になる――哀れですね」

「――殺す！」

ユーリの言葉は、的確にフローラから冷静さを奪い取った。

ここまで効果があるとは。

そして何より、武器として言葉を振るったユーリに驚きだった。

何に怒りを覚えたのか気がつかぬまま、フローラはぎりりと歯ぎしりする。

それは、ユーリにとっては思うツボで。

「取った！」

「ええ、もう終わってます」

歓喜の声を上げたフローラとは対照的に、ユーリは冷淡な声で。

次の瞬間、地面に刻まれた魔方陣が効果を発揮する。

ユーリが放った数多《あまた》の短刀を軸とした簡易的な魔方陣だ。それは強烈な呪詛式となりフローラに襲いかかり、またたく間にその動きを封じるに至った。

「いったい何が――」

「まさかここまで上手《うま》くいくなんて……、本当につまらない人ですね」

ユーリが、短刀をフローラの首に当てると同時に、

「勝者、ユーリ！」

決闘の見届け人が宣言し、ユーリの勝利でその決闘は幕を閉じたのだった。

❁ ❁ ❁ ❁ ❁

「見てください、アルベルト！　ユーリがやりましたよ！」

私は、客席でぴょんぴょん飛び跳ねていた。

何やら険悪な表情で睨み合っていたユーリとフローラであったが、一度成立してしまった決闘を取り消すのは不可能だ。

ユーリが心配でハラハラしていたが、終わってみれば杞憂《きゆう》の一言。

終始、ユーリの思惑通りに進んだ戦闘だったと言える。

フローラの放つ魔法は、一時期より威力が上がっているように見える。

私やリリアナからすれば、正直、敵ではない……のだけど――ちょっと前まで戦うことすらできなかったユーリにとっては、強敵には違いない。

「当たり前だよ、ユーリは強い。特に、罠《わな》の張り合いになったら独壇場だよ――直接、教えたボクが保証する」

「え？　アルベルトが教えてたんですか？」

黙って頷くアルベルト。

むむむ、私じゃなくて、ライバルのアルベルトに教えを求めたのは、ちょっぴり面白くないけれど。今は、ユーリの健闘を素直に喜んでおこう。

そうして戻ってきたユーリは、

「さあ、フローラ。アリシア様に謝ってください」

「……は？」

「はぁ⁉　なんだって私が！」

フローラに、そんなことを命じていた。


「今回の決闘は、勝った方が負けた方の言うことをきく。だからあなたは、アリシア様にきちんと謝罪をするべきです」

「ユーリ？　まさか、そんなことのために危険なことを咎《とが》めるように言う私の前で、

「あっはっはっは――」

フローラが、狂ったように笑い出した。

「まさか……、そんな甘っちょろいことを頼むなんて。冗談でしょう」

「なんとでも言ってください。僕は、あなたのような人間が、アリシア様のそばにいることが許せない。だからこれは、最低限のけじめなんです」

「なら、こう命じればいいんじゃない？　さっさと聖アリシア隊から出て行けって。二度と姿を見せるなって」

フローラは、敵国の元・聖女だ。

そんな人間をそばに置いておくなど、たしかにユーリにとっては許しがたいのだろう。

むしろ魔族たちの反感を利用して連携の訓練に取り組ませた負い目もあり、私は申し訳ない気持ちになる。

「アリシア様の判断には文句ありません。気に食わないことがあったなら――悪いのはすべてあなたです」

「何よ、それ……」

鼻白んだようにフローラは黙り込む。

それからフローラは、何やら葛藤するように私の方を見る。

あの日のそれは、結局のところ、苦痛から逃れるための懇願。この女に、自らの罪と向き合う日は果たして来るのだろうか。

――フローラからの謝罪の言葉か。

正直、どうでもいい。

ユーリには申し訳ないとは思うけど。

「アリシア、様。その……、申し訳――」

「どうでもいい」

一時期は、見ただけで胸を焼き尽くさんばかりの怒りに駆られたけれど。

今は、フローラと向き合う時間があるなら、もっと前を向きたいと思う。人間と魔族の戦争、シュテイン王子への復讐。立ち止まっている時間なんてない。

だけど、ユーリに余計な心配をさせたのは失策か。

そんなことになるなら……、

「でも、魔族たちもあなたから学ぶことは学んだでしょうし――」

「え……まさか？」

「へ？」

それは予想外の反応だった。

フローラはたしかに、ショックを受けた顔をしたのだ。

別に、また地下牢に戻そうという訳でもない。

面倒な命令から解放されて、むしろ喜ばしいことだろうに。

「嫌なの？」

ギリリ、と悔しそうに唇を噛《か》むフローラ。

それから、こくりと頷くのだ。

王国にいた頃は、悪魔だと思っていた。

魔王城でも、おおよそ、その表情を見たことはなかった。

黒い憎しみの感情をぶつける相手に過ぎず――こうして、フローラを真《ま》っ直《す》ぐ見るのは初めてのことだった。

当たり前であったが、フローラは人間だった。

あまりにもちっぽけで、滑稽で……、

「なんか……、哀れね」

「哀れ、ですって⁉」

私の言葉に、わずかにフローラの瞳に光が宿る。

「安心して。あなたをこれ以上苦しめるつもりはない」

感情を向ける価値もない。

興味もない。

ただ、どこか私の知らない場所で、好きに生きて死ねばいいと思う。

「心配しないで。今度は、ちゃんとした捕虜として、丁重な暮らしができるわ。どこかの離れで静かな余生を送る——あなたみたいな人間には、すぎた贅沢《ぜいたく》じゃない」

「あなた、いったい、なんの話を……」

「そうね。言ってみれば、あなたもシュテイン王子に裏切られた哀れな人。ついでに復讐してあげるわ」

もう、顔を見ることもない。

そう話を切り上げようと思ったそのとき、

「ふざけないでちょうだい！」

憤怒に顔を染めながら。

思わずといった様子で、フローラは口を開く。

「言うに事欠いて、私を……哀れ、ですって？」

初めて見る強い光を宿した瞳。

——私にとっては、その反応もまた予想外。

「哀れじゃなければ、なんだって言うの。人生すべて捧《ささ》げて、つまらないことをして——そうして手にしたものに裏切られて。ねえ、今、どんな気持ちなの？」

「馬鹿にして……！」

向けられたのは、ギラつく目。

「つまらない？　ついでに復讐してあげる？　人を舐《な》めるのも大概にして！」

フローラがこうして真っ直ぐな感情を見せてくるのは、意外だった。

思えばフローラとは、命じ命じられるか、蹴落とし蹴落とされるか——そんなやり取りしかしていない。

強い憤りの感情を向けられ、私はそんな場違いな感想を抱いてしまう。

「へえ。そこまで言うのなら、覚悟はあるんでしょうね」

酷薄な笑みを浮かべる私にも、一歩も引かず。

「自分の復讐ぐらい自分でやるわ。あなたこそ見てなさい——あなたの復讐だって、ついでにやってあげるわよ」

——あいつへの復讐を、おまえより先に遂げてやる
それはある種の宣戦布告。

「そのときになって、眼中にありませんみたいな顔——できるものならしてごらんなさい」

恐れるでもなくフローラは、そう言い切る。

憎むべき宿敵は、一度、心が折れてもどこかふてぶてしく。

——利用できるものは、せいぜい利用させてもらいましょうか。

それなら心が折れた人形より、復讐鬼なぐらいでちょうどいい。

以前の私なら、フローラの心を再び折ろうと考えたかもしれない。だけども敵を間違っては
いけない——討つべきはシュテイン王子だ。

それに不思議と復讐を叫ぶフローラの姿は、不快ではなかった。

「好きになさい。そこまで言うのなら——せいぜい役に立ってちょうだいな」

「言われるまでもない。そっちこそ、その日が来て、吠え面をかかないことね」

私の言葉に、フローラは不敵に笑うのだった。

❁ ❁ ❁ ❁ ❁

それから一週間後。

「完全復活！」

たっぷり休んだ私は、今度こそ本調子！　と救護室から脱走しようとしていた。

「そっちに行きましたよ、ユーリ！」

「げっ、ユーリ……」

しかし、リリアナとユーリが無駄に息の合った動きを見せる。

「人の顔を見てげっとか言わないでください。普通に落ち込みますから――」

「わー、ごめんなさい⁉　だから泣かないでください」

「よし確保！　アリシア様、大人しくベッドに戻ってください！」

「しまっ――」

わずか一〇秒で捕縛。

結局、私は魔道具作りに戻るのだった（こっそり！）

ちなみに、馬鹿騒ぎをしている私たちが咎められないのは、救護室内の重傷者に、片っ端から回復魔法をかけて回ったからだったりする。

ミスト砦《とりで》の奇跡の再来⁉　っと随分と騒がれてしまったがご愛嬌《あいきょう》。

見舞いと称して、アルベルトとこの三人は、毎日のように現れた。

戦況が落ち着いているということで、喜ばしいことではある。

だけども相変わらず過保護がすぎる！

「何をしているのやら」

「あら、あなたも来てたのね……」

そんな中、呆れ声で顔を覗《のぞ》かせたのはフローラだ。

シュテイン王子への復讐計画が進んでいるのかは分からないが、とりあえず特務隊では今まで通り魔族相手に訓練係を継続しているらしい。

なぜか決闘の日以来、お見舞いと称して顔を覗かせるようになっていた。

こいつは、私の体なんてなんとも思っていないはず！

「フローラ、あなたからも言ってやって。皆さん、過保護すぎるって――」

「う～ん……」

フローラは、何やら思案顔だったが、

「う～ん？　まだ毒が抜けきってないのか顔色が悪く見えますね～？　もうちょっと、休んでいたらどうかしら～？」

何やら面白いものを見つけた、とばかりの顔で、にやあと笑う。

「約束通り、ちゃんと一週間休みましたよ！」

「アリシア様……。夜なべして魔道具作ったり、室内の怪我人に片っ端から辻ヒールかける行為は、残念ながら休息とは言いません……」

呆れたような声でごもっともな正論を返してくるのはリリアナだ。

「それに昨日の夜なんて、真夜中まで新たな解毒ポーションの調合を試そうとしてたわよ。むかつくぐらいいい腕前だったわね」

「アリシア様、そんなことまでしてたんですか⁉」

フローラが、余計な告げ口をする。

むむむ。このままでは埒《らち》が明かない。寝るしかやることがない生活って、本当に暇で暇で仕方がないのだ。落ち着かないのだ。

「分かりました。分かりましたから！　もう黙って夜中に起き出しませんし、大人しく寝ますから。だから訓練は……、ね？」

「はあ、約束ですよ――」

私は、どうにかリリアナを説得して特務隊の訓練に戻る許可をもらうのだった。


「「おかえりなさい、アリシア様‼」」

久々に訓練場に顔を出した私を、第十二部隊の面々が出迎える。

あの戦場で命を落とした者もいる。顔ぶれが減っているのを見て、少しだけつらい気持ちになったが、決してそれは顔に出してはいけない。

「アリシア様のおかげで、どうにか無事に帰ってこれました！」

「あの結界が起動したとき、もう駄目だと思いました。アリシア様の命を賭した決死の結界破りで、どうにか助かったんです！」

「でも……、アリシア様。どうか命は大事にしてくださいね!?」

久々に顔を見せると、口々にそんな言葉をかけられた。

「……ここにいる皆さんだけでも無事で良かったです」

あの日の戦いは、決してベストな結果ではなかったと思う。

それこそ王国だったら、兵を死なせたと懲罰ものだっただろう。

だけども魔族たちは、特務隊のみんなは、あの日に起きたことを真っ直ぐ受け止め、それでいて私の行動を認めてくれているのだ。

功には報酬を。謝意を。当たり前のことが、きちんと浸透している。

その事実は、不思議と私の心を軽くした。


「聖アリシア隊は、決して死を恐れません！」

「アリシア様のために死ねるなら本望！」

「アリシア様の崇高な目的を成し遂げるため、この命ある限り戦いましょう！」

ひえっ、忠誠心高まりすぎていて怖いんですが!?

「主《あるじ》〜！　心配したのじゃ。無事で本当に良かったのじゃ！」

「心配かけて、ごめん。ライラ」

引き気味の私の元に、腰から刀を下げた狐耳少女が駆け寄ってきた。久々に私に会えたのが嬉しいとばかりに、その耳はぴょこんと立っている。

こう見えて数々の戦いで、味方の被害を最小限に食い止めたできるリーダーなのである。

「我々が生み出した新たな連携技、日々の訓練の成果を見てほしいのじゃ！」

訓練の成果。そんなことを言われれば、興味深く見るしかないではないか。

「いつものを頼むのじゃ！」

その対戦相手の指名は、フローラ。

相変わらず引きつった顔で、気のせいでなければ少しだけ充足感のある表情で。

「今日もボコボコにされたいのね」

なんて煽る。煽る。

――数秒後には涙目で逃げ回ってるのに。


「まさか、下りるのが嫌だと言われるとはね……」

あの手この手で、殺意のこもった魔族たちからの攻撃を、どうにか受け流しているフローラ。

実のところ、半分ぐらいは嫌がらせで指名したのだけど。

私なら、あんな環境で働けと言われたら、さすがに嫌だけど……まあ、本人が楽しんでいるのなら、それでもいいのかもしれない。

魔族たちの攻撃は――それはもうライラが宣言した通り、器用になっていた。

近距離での足止め、遠距離からの砲撃、すかさず支援を行う遊撃隊。嫌がらせの極地、みたいなフローラの動きに対応するため、彼らの陣形も独特な変化を遂げていったようだ。

「僕はやっぱり、不愉快ですけどね」

「まあまあ」

口をへの字に曲げるユーリをなだめておく。

ユーリは外から戦いを観察し、魔族たちの動きを分析しているのだそう。それを伝えることで新たな弱点を見つけ出し、新たな訓練に取り組んでいるとのことだった。

「アリシア様。久々に組み手、やりますか」

「ふふっ、お手柔らかに。精神攻撃はなしですよ？」

そうして私は、リリアナと向き合い訓練を始めるのだった。


――そこに魔王の姿はなく。

アリシアの知らぬ場所で、次なる陰謀が密かに動き始めていたのだった。

第七章　動き出す陰謀

SIDE：ヴァイス王国

その日、神聖ヴァイス王国の客間に一人の少女が訪れていた。

訪問を歓迎するかのように飾られた調度品の数々。

贅《ぜい》の限りを尽くしたきらびやかな風景を、少女――イルミナは、なんの感慨もなさそうに眺めていた。富めるものの象徴であるその光景は、少女にとっては苛立《いらだ》ちを与えるものでしかない。

イルミナは、一人の男――シュテイン・ヴァイスと向き合って座っていた。

優雅な仕草で紅茶を口に運び、静かに相手の出方を窺っている。

「和平、だと？　本気で言っているのか？」

「ええ、至って本気ですわ。魔族とは、無闇に破壊を撒《ま》き散らすだけの話の通じぬ化物ではない――直接、話して交渉が可能だと確信しましたわ」

直接、武器を交わしたからこそ分かることがある。

魔王と聖女――あの二人は、きっと無益な戦いは好まない。

生まれてから今まで、魔族を根絶やしにすることでしか平和は訪れないとイルミナは信じ込んでいた。それが魔族から人類を守るために多くの聖女を輩出してきたレジエンテの教えであったし、イルミナも魔族とは血の通わぬ化物であると思っていた。

だからこそ戦いは、殺すか殺されるかだと思っていた。もし敗れれば、仲間もろとも惨《むご》たらしく殺されると信じていたし、ああして対話が可能だとは思ってもいなかったのだ。

罠《わな》は完璧に作動した。

魔王と聖女を討ち、戦争は決定的にヴァイス・レジエンテ連合軍に有利に進むはずだった。

しかし、その試みは、あっという間に互いを思い合う二人により覆されたのだ。

彼らは、私の命を奪わなかった
それどころか降伏した相手を、捕虜として丁寧に迎え入れた。守るべき民からも物資を徴発し、逆らう相手は容赦なく虐殺していた王国兵とは雲泥の差である。

「聖女フローラの奪還。魔族の殲滅《せんめつ》――国民は、この戦争が嘘《うそ》ばかりであることに気がつきつつありますわ。このまま戦いを続ければ、今後も多くの民が犠牲になるでしょう。傷を少しでも浅くするため、和平を結んで戦いを終えるのが得策かと思いますわ」

無論、個人的な感慨など口には出さない。

優雅に話し合い、少しでも自国に有利な条件で和平を結ばせる——イルミナは、表情を押し殺し、そんなことを考えていた。

幸いヴァイス国内でも、戦争に異を唱える人間が徐々に現れている。

このまま戦いを続けても、ろくな結果にならないのは目に見えている。レジエンテ兵の扱いは、イルミナに一任されていた。イルミナが決めた今、レジエンテは戦争から手を引くことになるだろう。そうすれば、戦局は一気に魔族有利に傾くはずだ。

このままでは、最悪、王国全土が焦土となる未来もあり得る。

少しでもまともな思考ができる人間なら、この和平案を受け入れることになるだろう。問題は、どこを落とし所にするか……、
そう思案していたイルミナだったが、

「ふん。腑抜《ふぬ》けたな——」

「え?」

イルミナは、シュテイン・ヴァイスという男を大きく見誤っていた。

彼は、決して己の間違いを認めない。

決して冷静な判断を下さない。

一度始まった戦いが過ちであったとは、天地がひっくり返っても認めない。

「和平など、あり得んと言っているのだよ」

「この戦いは義を伴わない。レジエンテは、この戦いから手を引かせていただきます」

強い口調で切り出したイルミナを、シュテイン王子はまるで相手にしない。

悠々と紅茶を口に運んでいた。

まるでこちらの考えが見透かされているかのような不気味さ。

イルミナは、焦りを押し隠し、次に打つ手を考える。この王子は、本当にどちらかが全滅するまで続く殺し合いを望んでいるとでも言うのだろうか。

「人形が意思を持つとはな――やれやれ、教育不足を咎《とが》めるべきか」

「何を……？」

「おまえは、魔族を皆殺しにするための象徴なんだよ。その役割を放棄しちゃ駄目だろう――」

「あ……、あれ――？」

イルミナは、紅茶を取り落とす。

視界がぐにゃりと揺れている。

――毒……、ですって？

イルミナは、暗殺に備えて様々な毒に慣らされている。

そんな自分が昏倒《こんとう》するほどの毒など、そう簡単に用意できないだろう。

「馬鹿な、たしかに毒見を――」

「この毒は、先に解毒薬を飲んでおけば効果は出ないのだよ。まったく、似たような罠に嵌《は》まる馬鹿ばかりだな」

嘲るようにシュテインは言うと、

「殺《や》れ」

そう短く命じる。

「貴様！　何を……！」

壁際に控えていた男が、たちまちイルミナの護衛に襲いかかり、その命を奪い取った。

同盟関係――だからこそ、最小限の護衛で訪問したのだ。そんな信頼を真っ向から裏切る行為だったが、もちろんシュテイン王子は頓着しない。

「多くの民が犠牲になる？」

イルミナの髪を摑《つか》み、自分の方を向かせると、

「民が俺のために死ぬのは当然だろう」

シュテイン王子は、当たり前のような顔でささやきかけた。

それが絶対の真理であると、なんら疑っていない曇りない瞳で。

「あなたはそれでも、この国の王子ですか！」

「悪しき魔女を討ち滅ぼし、聖女を奪還する――これは聖戦である。これは我が国の誇りの問題だ。和平など最初からあり得ないのだよ」

「この……、下衆《げす》が！」

苦しそうに顔を歪《ゆが》め、イルミナはシュテイン王子を睨《にら》みつけた。

「慎重なおまえのことだ。万が一のため、魔族への切り札を隠しているな？」

「だとしても、誰が――」

「その反応はビンゴか。ふん、嫌でも話したくなるようにしてやるさ」

貴様のことは、昔から気に食わなかったとシュテイン王子。

「お飾りなら、クローンで十分。そうだな？」

「はっ。このような絵空事を描くとは――馬鹿な女ですね」

シュテイン王子の護衛がそう言い放つ。

レジエンテの抱える秘密。

本物の王女は既に亡くなっており、優秀なクローンがイルミナの名を冠して動いているというトップシークレット。シュテイン王子は、その事実を知っていたし、レジエンテの保守派――旧貴族を中心とする魔族を戦争によって滅ぼすことを願う勢力――と繋《つな》がりを持っていた。

イルミナが、今日、ここに来たことは公にはならない。

新たなイルミナを前線に立てて、聖戦はつつがなく続いていく。

シュテイン王子は、イルミナから対魔族の切り札を聞き出そうと奔走した。

イルミナの体内には、魔王の心臓の一部が取り込まれていた。

ブリリアントで奪い取ったものだ。

レジエンテに伝わる秘術。魔族の心臓を奪い取り、それを通じて相手を支配する切り札——相手の同意を得ずに振るえる分、従属紋よりも遥《はる》かに凶悪な魔法だった。

アリシアによって防がれ、術式は不完全な状態だった。

せいぜい、一回だけ言う事を強制的にきかせられる程度のもの。

それでも魔王に自在に命令を出せるというのは、戦況を十分に覆せる絶対の切り札であった。

イルミナは、その秘密を墓まで持っていくつもりだった。

シュテイン王子は危険人物だ。

決して渡してはいけない相手だと分かっていた。

「助けは来ないぞ？　いつまで無駄な抵抗を続けている？」

「あなたこそ。こんな無駄なことはやめて、さっさと解放してほしいものですわね」

祖国での狂った訓練を思えば、なんてことはない。

その程度で口を割らせようなど片腹痛いと涼やかな顔をしていたが、術式の不完全さが仇《あだ》となってしまった。

イルミナが意識を失ったとき、術式が、心臓が表に現れてしまったのだ。

どくんどくん、と蠢《うごめ》く何者かの心臓。

それを縛り上げるかのように鎖が伸び、その先端は魔方陣に繋がっている。

「なるほどな」

一目見て、シュテイン王子はその性能を見抜いた。

すぐに王宮魔術師を呼び寄せ、術式の解析を命じる。複雑怪奇な魔術式に悪戦苦闘していた魔術師たちであったが、やがては術式の解析を成功させて、術の所有権を奪い取ることに成功。

「はっはっは、そういうことか……！」

思わぬ力を手にしてしまった、とシュテイン王子は狂気的な笑みを浮かべる。

これをどう使うのが一番効果的か。

どう使うのが、一番、楽しいかを考えながら。


「シュテイン・ヴァイス――あなたは悪魔のような人です」

ちょうどそのとき、イルミナが目を覚ます。

隠していた術式を奪われたことに気づき、真っ青になった。

こいつは、間違いなく戦争を継続する。どちらかが滅ぶまで、この戦いを終わらせるつもりはない。決して奪われてはいけない切り札だったのに。

保険と思って術式を解除しなかったのが、間違いだったのだろうか。

だとしても、無条件に魔族が提案を吞む保証もない。この保険は、やっぱり必要だったと思う――その結果がこれだ。悔いても悔やみきれない。

「けれども……。あの二人なら、あの方たちがいれば、決して、あなたの思い通りには進みません。絶対に、絶対に――」

祈りのようなイルミナの声は、静かに空気に溶け込み消えていった。


魔王――ことアルベルトは、執務室の中をそわそわそわそわと歩き回っていた。

「あー、もう魔王様。鬱陶しいです、とりあえず座ってください」

「だって――、またアリシアが無理をしないか、心配で心配で……」

「なら、直接見に行けばいいんじゃないですか？」

「それは……、あんまりしょっちゅう行くと、鬱陶しがられないか不安で……」

キールは、はぁと深いため息をつくと、

「魔王様、重症ですね……」

とため息。アリシアが絡むと、魔王はいつになくヘタれ、ポンコツになるのだ。どうもディートリンデ砦《とりで》の救援に向かってから、拍車がかかっている気がする。

それ意外は完璧な主君なんだけどなあ――とキールはひとりごちる。

「そんなに心配なら、従属紋で命令すればいいじゃないですか。戦わないで魔王城で幸せに暮らしてほしいって」

「それは駄目だよ。ボクはアリシアを縛りたい訳じゃない」

こうして話は平行線。

アリシアに幸せになってほしい。アリシアに自由にしてほしい。アリシアに楽しく生きてほしい――色々願って、結局、この人はがんじがらめになっている。

どこまでも不器用なのだろう。

それでもその優しさは、たしかにその少女に届いている。手酷《てひど》く裏切られ、一度はすべてを捨てた少女の心の中に、たしかに入り込むことができたのだから。


その日の午後。

やるべきことを終え、終わったらアリシアに会いに行こう。

そう決めたアルベルトは、恐ろしい速度で書類の山を崩し始めていた。キールなど、最初からそうしてくださいよ……、と不貞腐《ふてくさ》れるほどだ。

そんな何気ない執務室の中に、

『魔族の長《おさ》よ、聞こえるか?』

突如、そんな声が響き渡った。

通信魔法によるものとも違う声。

気のせいでなければ、己の体内からささやきかけてくるような不思議な感触——アルベルトは、聞こえてきた不快な声に思わず顔をしかめた
「そういう君は、ヴァイスの王子かい? 随分といきなりな挨拶だね」

『おおっと、そう舐《な》めた口はきかない方がいい。貴様の心臓は、俺が握っている——貴様ならこの意味が分かるだろう?』

心臓を奪われること。

それは魔族にとって、生命的な死を意味しない。

しかし、心臓に魔力を通せば容易に暴走させられるし、命じられれば、その命令に逆らうことはできない。相手に高度な魔法の知識があれば、容易に行動を操られてしまうだろう。

——先代の魔王も、それでやられたのだ。

先代の魔王は敵に心臓を奪われ、魔王城の中で暴走し、最後には忠臣に討たれることになった。それが一番、魔族に混乱を与えられると人間は考えたのだろう。

端的に言えば、アルベルトはシュテイン・ヴァイスという敵国の王子に、致命的な弱点をさらけ出した状態にある。

「へー、その程度で勝ち誇ってるのかい？」

アルベルトは歯噛《はが》みしつつ、相手に主導権を握らせまいと口を開く。

——あの戦闘で持っていかれたか。

アルベルトは唇を噛んだ。イルミナとの戦いで、後ろを取られ、怪しげな術式をかけられたあのときだ。よりにもよって、イルミナはこの王子に心臓を預けたのか。

いや、それぐらいは警戒しておくべきだった。

何よりかけられた術式に気がつけなかった自分の落ち度だ。

「強がるなよ、魔族の王」

状況は致命的に悪い。

それでもなんとか状況を打開するため、アルベルトは思考を巡らせるのだった。

「ボクに何をさせるつもりだい？」

まずは口を開く。

「君が手にしたのは、心臓のほんの一部だ。そのことには気がついているんだろう？」

不完全な術式。

もし心臓をすべて奪われていたら、完全な操り人形になっていた可能性すらある。

ゾッとする未来だ、とアルベルトは皮肉げな笑みを浮かべた。

「口に気をつけることだな。俺はいつでも、貴様に命令を下せる」

「やれるものならやってみなよ。状況は、ボクの腹心が把握した――何か命じても魔族に不都合なことなら、ボクが殺されて……、それで終わりだ」

不敵に笑う。

大したアドバンテージではないと。

そう突きつけるように。

とにかく主導権を渡してはいけない。

余裕そうな表情とは裏腹に、最悪、自殺も視野に。

何よりも優先するのは、魔族という種の存続のみ。

魔王など所詮は一つの地位に過ぎない。

代わりなど、いくらでもいるのだから。

「ふん、少しも動じないとは……、つまらんな――」

シュテイン王子が、吐き捨てるようにそう呟《つぶや》いた。

そうして次の瞬間、シュテイン王子が思いつきのように口にした言葉は、思わずアルベルトを凍りつかせるには十分な言葉だった。

「それなら――アリシアを殺せ、とでも命じてみるか？」

「なっ⁉」

アルベルトは、思わず反応してしまう。反応することで、相手に付け入る隙を与えると分かっていても、反応せざるを得なかったのだ。

「ふざけるな！　アリシアは関係ないだろう⁉」

「関係大ありさ。あいつの役割は終わったんだ――それなのにしゃしゃり出てきて、魔族に寝返って俺の前に立ちはだかるだと？　思い上がりも甚だしい」

「おまえのような奴に、アリシアは……！」

燃えるような怒り。

アリシアが絡むと、どうも冷静でいられない――悪い癖だ、とアルベルトは自嘲する。

「一人を生贄《いけにえ》に捧《ささ》げるだけで、魔王の最大の弱点が取り除かれる――魔族がその事実を知ったとき、どう思うだろうねえ？」

「ッ！」

そんなこと認められるはずがない。

ただ、同時にそう考えるであろう魔族がいることも容易に想像できた。魔王と一人の少女を天秤《てんびん》にかけたとき、魔王を取る魔族が多いのは想像に難くない。

――守るよ。何を捨てても
アリシアの言葉に、そんな言葉を返したっけ。

どうして今、そんなことを思い出したのだろう。

「……ボクに何をさせたいんだい？」

アリシアを手にかけるぐらいなら、迷わず命を断つ――アルベルトは、当たり前のようにそう考えた。

その言葉を聞かせた時点で、狙いは別にあると考えるべきだ。

これはただの脅し――それも、アルベルト以外には意味をなさない脅しだからだ。

「そう難しいことじゃないさ。武器を捨てて、一人でヴァイス王国まで来てもらおう」

「投降しろと？」

「無論、死んでもらおう。どうも臆病な者たちが、今回の戦争の意義を、声高に問い始めたそうだからな――士気を上げる演出が必要なのだよ」

その言葉の真意を、冷静に見極める。

最悪の事態は、不意打ちのような命令で魔王城に壊滅的なダメージを与えてしまうことだ。

無論、手は打てる。十全の状態で戦えないよう己に枷《かせ》を科しておけば、魔王軍の幹部たちなら容易に自分を討てるだろう。

面倒ごとを避けるなら、このまま命を断てば良い。

シュテイン王子とて、あまりにも無茶な要求は突っぱねられると理解しているのだろう。

それでもこの提案は、乗っかる価値があるように感じた。リスクもあるが、それ以上に敵の懐に潜《もぐ》り込めるメリットは大きい。

「いいだろう。せいぜい、歓待の準備でもしておくことだね」

「ふん、せいぜいほざけ」

そんな捨て台詞《せりふ》とともに、やがてシュテイン王子の声が聞こえなくなった。

「冗談、ですよね？　魔王様。あんな要求に本気で従うつもりなのですか？」

「ああ。それに分の悪い賭けでもないさ」

敵のリーダーと相まみえるチャンスでもある。

ほんの一撃、一瞬でいい。

刺し違えてでもシュテイン王子を殺せたなら、それで戦争が終わる可能性すらある。ヴァイス王国の状況を、アルベルトはそう推測していた。

「キール、留守を頼む」

「その命令は聞けません、魔王様！」

止めようとするキールの言葉に、アルベルトは耳を貸さない。

「そうだね、万が一のことがあったら――正式な魔王が決まるまでは、君が代わりを務めておくれ」

「ふざけないでください！　そんな、そんなこと……！」

アルベルトの中で、これはもう決定事項だったのだ。

己の命は二の次。

自分の命が魔族にとって不利益になるなら、容赦なく切り捨て、有効活用できる道を模索する。大丈夫。魔族は、一人の魔王を失ったぐらいで揺らぐはずがないのだから。

……そう、アルベルトは結論を出していたのだ。


そうしてアルベルトは、執務室を出ていった。

シュテイン王子の気が変わらないうちに。

「代わりなど……、いるはずがないではありませんか——」

無人の執務室で、吐き出すようにこぼれたキールの言葉。

「あなたが、どれだけ忠誠を誓われているか。どれだけ心の拠《よ》り所になっているか——あなたは、全然分かっていなかったのですね」

あまりにも卑劣な手段。

基本的に真っ向から戦えば、圧倒的に魔族有利なのが人間と魔族の戦いだ。

その差を埋めるため、人間は様々な工夫を凝らしているとは聞いていたが——こんなものまで含まれるというのか。

「まず私の仕事は、この件を隠すこと……、ですか。本当に、気が進みませんね」

キールはそうぼやく。

納得はできなくても。自らの主君が、そう決めたのなら。

忠臣である自分に許されるのは、その意を汲《く》んで忠実に動くことだけだ。


アルベルトは、最後に救護室を訪れていた。

顔が見たかったというのもあるし、やっておかないといけないことがあったのだ。

ベッドでは、アリシアが安らかな寝息を立てている。夜なべして魔道具を作っているなんて話があったみたいだけど、今日はゆっくり休んでいてくれたみたいだ。

「支配者・アルベルトが命じる。何が起きても、後をついてこないこと――決してボクの敵を討とうとしないこと」

これは、アルベルトのエゴだ。

だけどもアリシアがこの事実を知ったら、必ず追いかけてきてしまうだろう、という確信があった。この命令は彼女にとっては不本意で、それでもそうせずにはいられなくて。

「さよなら、アリシア」

アルベルトは、そう告げ歩き出す。

指定された場所は、ニルヴァーナの砦。

ブリリアント要塞都市の目と鼻の先にある砦であった。

SIDE：ヴァイス国王

「……は？」

その男――ヴィルフリード・ヴァイスは、飛び込んできた報告に耳を疑った。

ヴァイス王国の国王にして、シュテイン王子の父にあたる男である。

「レジエンテと同盟を結び、魔族との全面戦争に踏み切った⁉」

ヴィルフリードは、各国首脳が集まる国際会議に出席していた。

これは、近年の魔族領との緊張の高まりを懸念して開かれていたものだ。

参加国の魔族への対応は、綺麗に三分されていた。

積極的に攻撃を仕掛けて併合しようという戦争推進派、専守防衛に徹する中立派、和平を結び共存するべきだと願う共存派。

魔族領に近いヴァイス王国として、国王・ヴィルフリードは常に共存派としての旗を振るっていた。そのための根回しも進み、こたびの国際会議では部分的な合意を取り付けられるかもしれない――そんな矢先の出来事であった。

「馬鹿息子め。早まった真似《まね》をしおって！」

国王不在の今、シュテイン王子には国王と同程度の権限が与えられていた。

国の混乱を防ぐための措置だったが、まさか自らの息子がそこまで暴走するとは考えてもみなかったのだ。

「和平などと生温《なまぬる》いことを言っている場合ではない」

「我々もすぐに派兵しましょう！」

大陸を揺るがす大ニュースであった。

当然、国際会議は即中止。

馬鹿な戦闘に踏み切ったヴァイス国王には、それは冷たい視線が向けられた。

国際会議に参加していた国々は、すぐにその情報を持ち帰り対処に追われることになる。

もはや人類と魔族の和平どころの騒ぎではなかった。

魔族と人類の戦争。

何よりも恐れていた事態が、勃発してしまったのだから。

「万が一、本当に〝全面戦争〟になってしまったら――」

「推進派のお花畑どもの言う通りに進むはずがないだろう。血で血を洗う地獄の始まりだ――ひと月も経たずに大陸全土が焦土と化すぞ」

今、戦争に加わっている魔族は、魔族全体ではほんの一部に過ぎない。

人類と接した国境を持つ魔導皇国が、あくまで防衛に徹しているぐらいだ。魔族の大半は、まだ大した脅威だとすら認識しておらず、静観を決め込んでいる。否、相手にされず見過ごされていると言うべきか。

ヴァイスの血気盛んな馬鹿どもが言う〝戦争〟は、魔族全体にとっては児戯に過ぎない。

魔族領の奥地には、人類が想像もできない化物がゴロゴロしている。

その事実を、ヴィルフリードは国の資料から嫌というほど認識している。


万が一、魔導皇国の代表――魔王を傷つけたら。

万が一、魔族たちの逆鱗《げきりん》に触れるようなことをすれば。

取り返しのつかない事態になる。


「レジエンテも何を考えているんだ！」

レジエンテは、中立派の中でも最大勢力だ。

このような馬鹿な戦争に手を貸す道理がない。こたびの国際会議にも参加していたが、教皇は戦争の報を受けても涼やかな顔をしていた。

ヴィルフリードの傍には、いつも付き従っていた優秀な文官の姿。

「間に合うでしょうか」

「起きてしまったものは仕方ない。間に合わせるしかないさ」

ヴィルフリードは、息子の性質を読み違えていた自分の愚かさを呪う。本当に手遅れになる前に、なんとしても国に戻って止めなければならない。

「やれやれ。この首を捧げる覚悟はしないといけないだろうな」

ヴィルフリードは、帰りの馬車でボヤく。

「魔族たちに少しでも話が通じることを願うしかありませんね」

「ああ。それと馬鹿息子が、これ以上愚かなことを——魔族の逆鱗に触れないことを願うばかりだ」

第八章　新たなる戦いへ

日常が戻りつつあった。

第十二部隊に復帰した私は、翌日から訓練にも復帰し、忙しい日々を送っていた。

そんな日常で、欠けてしまったもの。

――数日経った今、私は一度もアルベルトと顔を合わせていない。


「アルベルトは、どこに……？」

リリアナに聞いても、誰も行き先を知らないという。

ならばと思って執務室に向かっても、そこにはいない。

おかしい。いつもなら、毎日のように様子を見に来ていたのに。無茶をしないか監視という名目で、何が楽しいのか飽きることもなく。

……いや、それもそれでどうなんだ、と思ったがご愛嬌《あいきょう》。

アルベルトは、リリアナと同じぐらいとっても過保護なのだ。

「別に、文句がある訳では、ありませんけど」

そりゃ魔王は、魔族領に生きる魔族を束ねる、人間でいうなら国王だ。

本来、毎日のようにふらふらっと会える相手ではないし、この戦争下、忙しいのは納得できる。だけども……、ようやく完全復活した今、唐突に完全放置というのはどうなんだ。

そんな不思議な私の気持ちを聞いた一人の侍女が、

「ああ、本当に魔王様にも春が来たんですね！」

「まったく見向きもされてないのかと、気の毒で気の毒で……」

なんだか嬉《うれ》しそうに、そんなことを話しだした。

別に、私とアルベルトはそういう関係じゃ！

いやいや、そもそも見向きもされてないなんてことは……。

でも最初は、アルベルトの名前すら聞いてなかったし、気にもならなかったっけ……、などと色々と思い出し、私はなんとも言えない気持ちになる。

「魔王様、本当にアリシア様を見つけてから変わりましたよね」

「この間も。アリシア様の処刑の知らせを受けて、あのときの魔王様ったら――」

あ、その話はちょっと興味ある。

侍女二人は、話していいものかと悩む様子を見せていたが、

「アリシア様って、敵国の聖女じゃないですか」

「ええ、まあ……」

「アリシア様を蘇《よみがえ》らせるのに反対した人も多かったんですよ。その、幹部にも――」

ふと、ブヒオと決闘する羽目になったことを思い出す。

「凄《すご》かったんですよ、魔王様。結局、話はどこまでも平行線で――それなのに魔王様はしつこいぐらいに頼んで回って、最後には認めさせてしまったんですから」

そんなことは本人からはもちろん、魔王軍幹部からも聞いたことがなかった。

「どうして、アルベルトはそこまで？」

「それは、私たちの口からはとてもとても！」

「でも、魔王様の不在で、アリシア様が探してたって聞いたら喜ぶと思いますよ？」

侍女たちが、ニコニコ微笑《ほほえ》ましいものでも見る顔をしている。

不思議なくすぐったさ。

私は、……ああ、嬉しいと思っているのか。正体の分からない感情を、私は他人事のように冷静に分析してみる。

――君には、ボクの花嫁になってほしいんだ。

開口一番、言われたこと。

あのときは、何を馬鹿なことを……、と切り捨てていたけれど。

ここで暮らしてみて。

たしかに、大切にされていると分かってしまって。

その言葉は、今では馬鹿げた幻想ではなく、たしかな実体を持った言葉として私の中に残っている。どの程度、本気だったのだろう。私は、どうしたいのだろう？

次にアルベルトに会ったら、きいてみようか。

なんてことはないように、さり気なく。

「どうにかしてます。どうにかしてますよ――」

煮詰まった頭をほぐすには、全力で動き回るのが一番だ。

訓練、訓練。私はリリアナを呼び、全力で組み手に臨むのだった。


そんなある日。

魔王軍の幹部に招集がかかり、臨時幹部会議が開かれようとしていた。

その場にも、やはりアルベルトは不在。

聞けばかれこれ数日、誰もアルベルトの姿を確認していないらしい。

「魔王様は、極秘の任務に向かわれている。場所は誰にも告げるな……、とのお達しだ」

そんな疑問に答えるように、キールがそう切り出した。

おかしい、そう思った。

もちろん種族の長《おさ》として、誰にも行き先を告げずに向かわなければならない場面があるのかもしれない。だとしても、魔族たちのこの腑《ふ》に落ちないと言わんばかりの反応はどうだ。

「アルベルトは、必ず帰ってくるんですよね？」

虫の知らせとでも言おうか。

ただ、嫌な予感がしたのだ。

そんな漠然とした質問。

もしキールが本気で誤魔化そうとしたなら、もちろんですと答えるだけで済む問いだ。にもかかわらず、魔王の側近ことキールはそっと目を逸《そ》らすと、

「重大な任務、だそうだ……」

とだけ告げる。

答えを明言すらしていない――隠す気もない言葉。

知らなければならない、と思った。もう気がついたらすべてが終わっているような未来は、絶対に嫌だから。何も失いたくないし、決して後悔はしたくなかったから。

「貴様っ！」

「いったい何を――」

私は、鎌を取り出していた。

この場にいた幹部魔族は私を含めて六人。

なんだ、アルベルトがコロシアムでぶっ飛ばした人数の半数以下ではないか。

「話してください、キール。いったい、何を隠しているんですか？」

私は、鎌を突きつける。

これは、ただの脅しではない。

必要であれば、本気で叩《たた》き斬る——この場の全員を敵に回してでも、私はアルベルトの行き先を聞き出すつもりだった。

「やれやれ、魔王様は幸せ者ですね——」

「……余計なこと、話さないで」

「話す。話すから、そのおっかない鎌をしまっておくれよ」

キールは、降参とでも言うように静かに手を上げる。

私は、その言葉を黙殺し、黙ってキールに続きを話すよう促すのだった。


「なんですか、それ！」

キールから聞いた話は、あまりに衝撃的だった。

あまりにも卑劣な手段。

心臓を握られることによる弱点——初耳だった。

ああ、やっぱり平和な日常など幻想だったのだ。

この戦いは、シュテイン王子を叩き斬るまで決して終わらない。シュテイン王子への恨み
――ただ、それ以上に大きかったのは……、

「なんで、アルベルトは何も言わずに出ていってしまったんですか！」

アルベルトへの激しい怒り。

何があっても飄々《ひょうひょう》としていて、倒れた私をあんなに気遣って。

「何があっても味方だって、あんなこと言っておいて――」

嬉しかったこと。

戸惑ったこと。

たしかにこの魔王城には、色々な思い出がある。

その中心には、いつだってアルベルトの姿があった。

それなのに……、

「何が、信じてほしい……、ですか――」

肝心なときに黙って、敵国に身を落とそうなんて。

信じていないのは、そっちではないか。

肝心なときは誰にも頼らず、ただ黙ってみすみす命を危険に晒《さら》すなんて。

罵りの言葉は、不思議と続かず……、

力なく唇を噛《か》み、うつむいた私に、

「同感ですよ」

やがて、ぽつりと呟《つぶや》いたのはキール。

「そうです、アリシア様の言う通りです」

「キール？」

「私だって、みすみす行かせたいと思ったはずないじゃないですか！　でも……、だとしても
——どうすればいいというんですか⁉」

「それは……」

あれだけ魔王のことを慕っていたではないか。

助けに行くのが当たり前。

ここで静観なんて、さすがに冷淡ではないか。

キールからぶつけられたのは激しい感情。

アルベルトの腹心としての、責任感と葛藤。

その肩には、たしかにこの国の未来が乗っかっている。

「アルベルトは、アリシア様を守ろうとしていたんです」

キールが、そんなことを口にした。

「……は？」

聞けばシュテイン王子は、私を人質にしたという。

どこまで人の心を弄べば気がすむというのか。

私を殺せという命令――それを出せば、咎《とが》める者は魔族にいないなんて言葉。ただ私を犠牲にすれば、アルベルトにかけられた忌まわしい魔法は解除される。

それで……、それで上手《うま》く収まるのなら、たしかに私は抵抗しないだろう。

そんな未来を、アルベルトは拒んだのだ。


どうして、それで有効だと思ったのか。

どうして、それが有効手になってしまったのか。

頭が真っ白になった。

ただ慌てるだけで。

私に、そこまで想われる資格はないのに。

言葉を失って立ち尽くす私に、

「私たちは今、きっと冷静ではない。今話し合っても、ろくな結論は出ないだろう」

キールは、そう告げた。

「でも、こんなことをしている間にアルベルトは……！」

「だからこそだ。その焦りに呑まれては、助け出せるものも助けられないと言っているんだ」

いつも冷静に見えるキールが、随分と荒々しい言葉を使う。

他の幹部も、それぞれ浮足だった自分を恥じるように静かに目を閉じていた。

「事は、この国の――しいては魔族全体の未来にかかわる。どうか冷静になって、今後の方策を考えてきてほしい」

キールの、その言葉によって。

それは不思議と、アルベルトならそう言うだろうという言葉にも感じられ。

「……分かりました」

結論は、翌日の幹部会議に持ち越しとなったのだった。


冷静に考えてみて、分かったことがある。

状況は最悪に等しい。

敵に手綱を握られたアルベルトという魔王の存在。

そんな存在を魔王城に置いておくことは、爆弾にも等しい――そう考えたからこそ、アルベルトは自発的に敵の誘いに乗って出ていったのだろう。

最悪の事態は、アルベルトが操られ、魔王城に壊滅的な被害を与えることだ。

厄介なのは、アルベルトを説得し、連れ戻せば良いというものではないことだ。

たとえアルベルトが魔王城に戻ったとしても、心臓を奪われたという本質的な問題からは逃れられない。

「なん、なんですか……！」

おまけに気がついてしまったこと。

それはいつもの鎌を手に、魔王城の外に出ようとしたときのことだ。

従属紋が光る。心に鈍い痛みが走る。

決して出てはいけないと、心を縛り付けるように。

――アルベルトの後を、追いかけないこと
――アルベルトの敵を討とうとしないこと
自らの死すら予期した従属紋への命令。

アルベルトは、助けを望んでいない。

アルベルトの中で、これは選ぶべくして選んだ未来なのだ。

納得はできない。されども、問題の解決策すら見えない。

下手にかき回せば、かえって状況を悪化させる可能性すらある。

ぐるぐると思考が同じところで巡っていた。

——執務室に人が入ってきたのは、そんなときだった。


「アリシア様、実は面会を求める者が——」

「ごめん、リリアナ。悪いけど後にしてもらって」

「それが……、孤児院長のホリンナさんの希望で。断られたら、この名前を出してほしいと
……。——って、アリシア様っ⁉」

あまりにも懐かしい名前。

今、その名前を耳にするはずがないのに。

——驚くリリアナに説明すらせず、私は思わず執務室から飛び出し面会室に向かうのだった。


ホリンナ孤児院長。

それは私が生まれ育った孤児院の院長——簡単に言えば、私の育て親であった。

――人さまを恨んだらいけないよ
――分かり合うことを諦めてはいけないよ
今は捨てた聖女としての生き方。
それでも孤児院長の言葉は、今でも私の中に刻み込まれている。

あの女が、孤児院長は死んだと言っていた。

守りたかった孤児院も、なくなってしまったと高笑いしていた。

だから、だから、そんな面会は嘘《うそ》八百で……、

「院長！」

柄にもなく面会室の扉を開け放してしまう。

まるで我慢できない小さな子供のようだ。

そんな私に、一瞬目を丸くしていたが、やがては見慣れた優しい顔で、

「おやまあ、大きくなったんだねえ」

なんて優しい声で、話しかけてくるのだ。

「院長、どうして？　死んだんじゃ……？」

「おいおい、人をそう簡単に殺さんでおくれよ。そう簡単にくたばりゃしないのは、おまえさ

んならよ～く分かってるだろう？」

院長――ホリンナは、くしゃくしゃと顔を歪《ゆが》めて苦笑した。

子供の頃と変わらぬ温かい笑顔。

思わぬ再会に、私は幼い子供に戻ったように泣きじゃくってしまった。


聞けば、モンスターによる襲撃があったらしい。

いち早く危機を察して逃げ出したホリンナ院長たちは、魔族の支配する領地に流れ着いたという。少ない食料を分け合い、どうにか歩き続けた彼女は難民キャンプにたどり着き、つい最近まではそこでつつましく生きていたらしい。

アルベルトは、積極的に戦争難民を受け入れていたと聞く。

偶然、魔族の捜索隊により発見され、ホリンナ院長たち孤児院のメンバーは無事保護されるに至ったという訳だ。

「すごい偶然もありましたね！」

「良かったです、本当に。……本当に、アルベルトには感謝ですね――」

失われたと思っていたもの。

決して戻らないと思っていたもの。

それは、決して手遅れなんかではなくて。

実の姉のような存在だったリリアナは、まるで我が事のように喜んでくれた。

「それで……、アリシア。あなたは今、何をしているの？」

――だから。

そんな真《ま》っ直《す》ぐな質問に、私は思わず答えに窮してしまい。

別に……。私は今、自分で選んだ道に、満足しているのに。

「あはっ、復讐《ふくしゅう》です。あんな地獄を見せてくれた奴《やつ》らに、今度は私が地獄を見せてやるんです。だから私は、王国を滅ぼして――」

「本当かい？　アリシア、あなたはそんなことを本当に願っていたのかい？」

願っている。

私が今、生きているのは復讐のためだ。

復讐とともに生き、復讐とともに死ぬとあの日決めた。

……本当に、そうなのだろうか。

こんなときなのに、なぜか脳裏にはアルベルトの顔が浮かぶ。いつものように飄々とした笑みで、ただ私の言葉を聞いて嬉しそうに微笑む姿。

「あなたは、本当は優しい子だから。あなたの本当の願い――黙って、心の声に耳を傾けてごらんなさい。そうすれば、きっとやるべきことが見えるから」

王国民をすべて斬り捨てて。

反対する魔族もすべて斬り捨てて。

それで私が、どこに向かう？

そんな未来を願っていた日もあった。

けれども、今、取り戻したいものは——、

「最初から分かっていたんだろう？」

「はい。でも、それはきっと許されなくて……」

力ずくでアルベルトを取り戻せばいい、というものではない。

どうしようもないがんじがらめがあって、だからずっと私は悩んでいる。

「やりたい事が決まっているなら、それに突き進めばいい。胸を張って進めるなら、ほかの誰が認めなくてもあたしが認めてあげるから」

ああ、そんなことを言われたら——。

いいのだろうか。

私が、今、本当に願っていること。

それは、王国民を皆殺しにすることでもなく。

魔族の未来に頭を悩ませることでもなく。

ただ、大切な人を、取り返すために——

「ありがとうございます、ホリンナ院長。迷いが、吹っ切れました」

「ああ。行っておいで」

温かい言葉を背に受け、私は一歩を踏み出す。

やっぱり、この人にはかなわないなと思いながら。


翌日の幹部会議にて。

私は、開口一番こう宣言する。

「私は、アルベルトを助けに行くべきだと思います」

たとえ反対されても止まる気はない。

「だがもし、魔王城の中で魔王様が暴れたら――」

「そうだそうだ。万が一のリスクを考えれば、少なくとも魔王様には別の居城を――」

「だいたい魔王様が助かるためには、アリシア様が犠牲になる可能性もあるというのに……」

集まった幹部たちが、口々に意見を言い始める。

侃々諤々《かんかんがくがく》とした言い争いが始まろうかというとき、

「あはっ、これは別に提案ではありません。たとえ私一人でも行くっていう……、言わばただの決意表明ですからね」

　私は、そう宣言する。


　はなから助けを期待していない。

　復讐だって一人で遂げるつもりでいた。

　ここで宣言したのは、最低限の義を通すためだ。

　反対する者がいれば、ここで斬る。

　独断専行、大いに結構。

　――まずはアルベルトに会う。

　――アルベルトに会って、まずは勝手に決めたことを、ぶん殴ってやるのだ。

　――それで魔王城に連れ返って。

　それからのことは、それから考える！


「その……、アリシア様？」

「なんですか？」

「その――、申し上げにくいのですがアリシア様には従属紋で……」

「あはっ、何のことですか？」

ああ、これのことですか。

昨日、魔王城の外に行こうとしたとき、それを防ごうとする強制力が働いた。それはアルベルトが従属紋を通じて、自分を追いかけてこないようにという命令を出したということ。

決して、従属紋を使おうとはしなかったアルベルト。

まさかよりによって、こんなことで初めて使うなんて。

その事実を知って、私を襲ったのは強烈な怒りだ。

本当にアルベルトは、何も分かっていない。

こんなもので私が止まると、本当に思っているのだろうか？

私は、刻まれた紋章に魔力を注いでやる。光と闇の魔力が恐ろしいほどの密度で注ぎ込まれていく。抵抗するように、一瞬、従属紋が禍々《まがまが》しく輝いたが――、
パキン。

そう音を立てて、従属紋は砕け散った。

「あはっ、アルベルトもまだまだですね」

「「「……いやいやいやいやいや!?」」」

キールも魔族たちも、いったい何を驚いているのだろう。

私は、アルベルトに会うと決めた。

ならば、その前に立ちはだかる障害を叩き潰すぐらい当然だろうに。

気圧《けお》されていた魔族たちだったが、

「アリシア様だけに任せておく訳にはいかねぇ！」

「俺も、俺も魔王様の奪還作戦に参加するぞ！」

「そうだ。誰だって魔王様を失っていいなんて、思ってるはずがないだろう！」

続々と名乗りを上げ始める。

「王都に潜入している同士からの報告では、戦地での様子が広まり王都は混乱の最中。シュテイン王子の信頼も失墜しているとのことです」

「攻めるなら今が絶好のチャンスです！」

このままいけばすべての幹部が首を揃《そろ》えて、魔王奪還作戦に加わる勢い。

そう、魔導皇国に住まう魔族たちは、みな魔王に忠誠を誓っている。

心の底では、助けに行くことを願っていたのだ。

そうと決まれば直情的。

だからこそ困ったところもあるのだけど……。

「いいえ、申し訳ありませんが――ここは第十二部隊に任せてください」

「な!? 俺だって魔王様の救出に……」

「万が一のためです」

はやる魔族たちを抑え、

「これが敵の陽動という可能性もあります。すべての兵がニルヴァーナの砦《とりで》に向かってしまい、がら空きになった魔王城を落とす。いかにも、あの男が好みそうな卑怯《ひきょう》な手じゃないですか」

「ぐむ……、たしかに――」

呻《うめ》くように頷《うなず》いたのはキールだ。

正直、私だって驚くほどに冷静さを失っている。

できればそういうことは、きちんとキールが指摘してほしいのだけど。

「皆さんにはアルベルトが守りたかったものを、これまで通り守ってほしいんです」

「アリシア様……」

「だが、我々が一番に守りたいものは魔王様だ。アリシア様、信じていいんですね？」

試すような視線。

少しでも言いよどめば、すぐにでも彼らは自分で動き出すだろう。

だからこそ、私は――

「あはっ、当たり前です。アルベルトを一発殴って連れ帰る――これは決定事項です」

いつも通り、笑みを浮かべてやるのだ。

かくして、作戦は決行されることになった。

敵の要求を呑み、ニルヴァーナの砦に向かったアルベルト。
その後を追いかけて、必要があれば敵勢力を排除。
速やかにアルベルトをつかまえ、魔王城に連れ帰る。
——それが、今、私が望んでいること。

第九章　憎き敵を打ち倒せ

「主《あるじ》！　わらわを同行者に選んでいただき、感謝いたす！」

出発の日。

私は、第十二部隊の中でもごく少数の仲間を連れて出発することにした。

身を隠しながら敵の懐に潜《もぐ》り込み、速やかに目的を達成する。今回の戦いは、そんな争いになる。人数よりも連携の取れる少数精鋭で作戦にあたる方が、成功率も高いだろう。

「ライラ、無謀な作戦に付き合わせてごめんね」

「主のためなら、この命も惜しくないのじゃ！」

「まったく。冗談でもそんなことは言わないでね……」

私は小さくため息をつく。

「でも気持ちは分かります。私もアリシア様が捕らえられたと聞いたときは、何がなんでも助けたいと思いましたから」

「リリアナまで――」

その言葉は、なんの誇張もない真実であった。

なんせ公開処刑の当日、王国最大の警戒態勢の中、リリアナたち特務隊の面々は私の救出作戦を決行しようとしてしまったのだから。

本当に、誰も彼も、自分の命をなんだと思っているのだろう。

「まったく、ライラもリリアナも、アルベルトも。戻ったらまとめてお説教ですよ」

そんなやり取りを経て。私は、リリアナ、フローラ、ユーリ、ライラの第十二部隊の代表格を連れてニルヴァーナの砦《とりで》に出発するのだった。

❁ ❁ ❁ ❁ ❁

ニルヴァーナ砦は、イルミナらと戦ったブリリアント要塞都市の先にあるヴァイス王国の防衛拠点となっている砦であった。

ブリリアントを落とした今、次の攻略目標になっている砦でもある。王都を守るように位置する山岳地帯を攻略する足がかりとして、非常に重要な役割を持っている砦であった。

今や、王国兵の士気は限りなく低い。

シュテイン王子の〝聖戦〟は一向に終わりが見えず、それどころか最近は負け戦続きであることも、国民は薄々感づいていたからだ。

「リリアナ。いっそ、ニルヴァーナを攻め落とせますかね？」

「冗談はよしてください。戦力差がありすぎます」

「まあ、そうですよね」

いくらなんでも兵力に差があり過ぎる。

ただでさえ追い込まれた王国軍は、残った戦力をニルヴァーナにかき集めている。最新型の戦略的魔道具も、山ほど配備されているだろう。

真正面から進めば、各個撃破されてそれで終わりだ。

あくまで今回の目的は、アルベルトの奪還。

せめて、内部の様子だけでも分かればいいのだけど。

「偵察専門の部隊に力を借りましょうか……」

「いや、さすがに撃ち落とされて終わりかと――」

「なら……、隠匿魔法を重ねがけして、どこまで近づけるか試してみますか？」

「だから発見された時点でおしまいですって」

良い策は浮かばず。いっそアルベルトが、まだ王国兵と合流していなければいいな……、などと思いつつ。それはきっと都合のいい期待に過ぎず……。

「ひとまずブリリアントに向かいましょうか」

そう結論を出し、私たちはブリリアントの要塞都市に向かうのだった。

ブリリアントの守りは、攻略作戦に参加したブヒオの手に任せられていた。

「アリシア様、ようこそいらっしゃいました」

「戦局はどう？」

「それが……、恐ろしいほどに敵は守りに徹しているようです。レジエンテ兵など、最近はめっきり戦場で見かけなくなりまして……なんとも不気味なことです」

ブヒオは、そう困惑していた。

今や最前線にして、一番の激戦区。

激しい戦闘を予想していたが、予想に反して敵兵に動きは見られない。王国兵には、もう戦線を押し上げるだけの余力は存在していないのだろう。

反面、絶対防衛ラインと定められたニルヴァーナ砦の防衛は、強固の一言であった。

「ニルヴァーナに向かうなら、ここを通ると思うんです。何かレーダーに反応はありませんでしたか？」

「それが……、残念なことに――」

その反応を聞き、私は唇を噛《か》む。

アルベルトも、彼なりの考えで、確固たる決意を持って結論を出したのだろう。

そう簡単に居場所を知られるようなヘマをするはずがない。それでも、もしかしたらという期待もあっただけに、失望は大きかった。

「ブヒオ隊長にご報告申し上げます」

そんな中、数人の魔族が報告に入ってきた。

「今はアリシア様が、いらっしゃっている。報告なら後で聞こう」

「いえ。そのような気遣いは不要です」

むしろ、こちらの突然の訪問を詫《わ》びるべきだ。

伝令で来ていた魔族は、やや恐縮した様子で頭を下げていたが、

「それでは配備されていた魔道具の解析結果についてですが……」

何やら興味深いことを話しだした。

「解析結果、ですか?」

ブリリアントに配備されていた魔道具は、実に多岐にわたる。

客観的事実として、魔道具の研究はヴァイス王国に軍配が上がる。そのため、ブリリアントに取り付けられていた最新型魔道具は、ブラックボックスそのものであった。

以前なら、そのまま放棄されていた可能性がある。

しかし今や、魔族たちは魔道具の重要性も認識しつつあった。フレッグの出した研究成果や、

私たち第十二部隊が魔道具を取り入れ、多大な戦果を上げたからだ。

「はい。王国兵のやつらが、そのまま残していったので……」

「それはまた――なんとも杜撰《ずさん》な」

「まあだからこそ、我々はありがたく再利用させていただいてるんですけどね」

有用性を理解した一部の魔族は、率先して敵国の魔道具の解析に取りかかろうとしていたらしいのだ。

ブリリアントの魔道具を、魔族がそのまま手にしたのは、ひとえに王国兵の怠慢と言えるだろう。魔族が魔道具に興味を持つはずがないという油断。長年の研究成果の結晶であり、それをそのまま敵国に明け渡すなど、あり得ない失態だというのに。

「アリシア様も、魔道具に興味をお持ちで？」

「馬鹿っ！　アリシア様は、フレッグ室長にも認められた凄腕《すごうで》の魔道具師だぞ⁉」

「んなアホな。アリシア様は、戦場でも誰より戦果を上げておられる。そんな人間が、魔道具にまで精通しているなんて。精通しているなんて……」

この二人は、フレッグさんとも知り合いなのだろうか。

大げさな驚きように困った私は、とりあえず曖昧な笑みを浮かべておく。

「そうだ。例の装置はどうなった？」

ブヒオが、そう尋ねた。

「例の装置、ですか？」

「それが……。ブリリアントの入り口に、まるで効果の想像がつかない魔方陣が残されていてな。研究途中で打ち捨てられたのか、まるで効果はなかったんだが――」

「なるほど……」

興味深い話ではあったが、今はアルベルトの件が先だ。

「それが……、やはり損傷が激しく、動かすには至らずといったところで……」

「魔方陣の精密さが、他のものとは桁違いです。恐らく最新型の魔道具であることは疑いようがないのですが――」

「素直に解析結果を見るなら、恐らく効果が正しく発動した場合には物を転移させる機能を持っていると思われます」

「さすがに机上の空論だろう……」

私は、話を聞き流しつつあったが――

「転移、ですか」

気になる言葉を耳に挟み、私はそう聞き返していた。

「何か気になることでも？」

「はい。見せていただくことは可能ですか？」

許可を取り付け、私はその魔道具を見に行くことに。

あまりにも都合のいい考え。

アルベルトが最終的に、シュテイン王子とともに王宮に向かうのなら――、転移魔法でそこに乗り込めれば。そんな、戦争の在り方そのものを否定するような。

そんな細い糸にもすがりたくなるほど、私は追い詰められていたのか。

内心で、そう自嘲しながら、二人の魔道具師に案内されて向かった場所にあったのは……、

「これは……！」

圧倒された。

効率化された魔術式が、独特な光を放っていた。

イルミナが組み上げた結界の魔方陣は、都市全体を使った大規模な術式であり、あれもある種の天才の所業だと思ったものだけど――これは、芸術作品だ。

食い入るように見つめてしまう。術式の一部が欠けているけれど……、たしかに機能すれば、物を転移させる仕組みとして成立するかもしれない。

「アリシア様、どうなさいましたか？」

「なるほど……。この魔方陣の製作者は天才ですね――」

惚《ほ》れ惚《ぼ》れするほどの美しさ。

同時に、思う。

もしこれが実用化され、王国兵が運用していたらどれほどの脅威になり得たかを。

しかし結果として、この奇跡のような魔道具は放棄され、こうして魔族の手に渡って出番が来る日を待っている。

なんという皮肉だろうか。

それでも今、こうして巡り会えた奇跡に感謝を。

「え？　まさかこの短期間で、魔術式の構造を読み取ったとでも!?」

「馬鹿な……、あり得ない――」

私をここまで案内した研究員が、そんなささやきを交わしていたが、

「私に、これの修復を任せてもらえませんか？」

私は、気がつけばそう頼み込んでいた。

「え、アリシア様……？」

「正気ですか？」

研究員二人に、困惑されてしまった。

「アルベルトを連れ戻すのに使えると思うんです。戦術的な価値も高いと思います――一刻も早い修復を、どうか――」

「アリシア様の腕を疑う訳ではないのですが……」

「そうですよ。さすがに、あまりにも無茶ではないかと――」

それはそうだろう。いきなり現れた戦闘を専門に行っていた人間が、突如として貴重な魔道

具に手を出そうというのだから。

とはいっても、今の魔族たちにとってこの機会はオーバーテクノロジー。

持て余しているのは見え見えだった。

この装置は、アルベルトを取り戻すために必要だ。

私は、そう確信していた。どう説得しようかと考えていたところに――、

「第四部隊隊長、ブヒオ・エスタールの名において許可しよう。アリシアに、この魔道具の修復を任せるものとする」

なんとブヒオが、そんなことを宣言した。

「いいんですか？」

「許可を出さねば、最悪、おまえは反対する者すべてを斬り捨ててでも認めさせようとするだろう？　そうなるぐらいなら……、そういうことだ」

いくら私でも、そんな過激なことしませんって⁉

他に手がないなら、たしかに選ぶかもしれないですが……。とりあえずリリアナやユーリまで頷《うなず》いていたのは、後でとっちめよう。

そんなこんなで、一縷《いちる》の望みをたくして転移の魔道具の修復に取りかかるのだった。

「アリシア様、その……あまり根を詰めすぎないでください」

「大丈夫。あとちょっと、あとちょっとですから――」

欠けている術式を補完していく作業。

それは困難を極めた。

恐ろしいほどに精密な魔方陣を、一部の狂いもなく描き出す必要がある。

精神力を摩耗する作業であったが、今やこれは、アルベルトと再会できる唯一の希望と言っても差し支えないものなのだ。

「なんという精密さ――」

「なるほど。ここは、こうなっていたのか……」

気がつけば、多くの研究員が作業現場に集まってきていた。

誰もが感嘆の声を漏らしていたが、施術に集中する私の耳には届かず――


「できた！」

実に、丸々二日ほどの時間をかけ。

ついに私は、転移装置を修復することに成功するのだった。

「嘘《うそ》、だろう⁉」

「本当にやっちまったよ……！」

「これが勝利の女神・アリシア様の奇跡だ！」

同時に、どっと歓喜の声が湧く。

「室長！　やっぱり、アリシア様を引き抜いてくださいよ！」

「そうです。こんな天才を、軍部に置いておくなんてあり得ません！」

「ああ、またアリシア様が奇跡を起こされた。ありがたや、ありがたや――」

圧倒的な達成感。

そんなお祭り騒ぎムードの中。

――私は、ただある事実に打ちのめされていた。

薄々、作業中に分かってはいたのだ。だけど……、完成した姿を見て、私は絶望的な事実に行き当たってしまう。

「これは……、この仕組みじゃアルベルトの元までたどり着けない……」

この転移装置は、たしかに今後の戦争で大いに役に立つだろう。

だけども……、

「この転移装置は、魔力を発する生命体が引き合う力を利用したものです。大きな魔力を放つ一つの生物――そんな都合の良い存在が、転移先にいる必要があるみたいです」

転移装置――本来、転移というのはあり得ないほどに高度な魔法だ。

物質をいちどバラバラに分解し、転移先で再構築する手法を取る。遠距離の転移魔法は、使える者が限られる超高度な魔法であり、それを魔道具で再現しようなど神の領域に挑まんとする行為に近かった。

転移魔法では、転移そのものと転移先の指定の二つの工程が必要だ。

この転移装置は、転移そのものに特化しており、転移先の指定には転移者の情報を使うよう術式が組まれている。転移元と転移先に、自然と引き合う二つの巨大な魔力の発信源を配置することで、引き合う力を利用して転移させるという荒業だった。

王宮のそばに、そのような物が都合良く置いてあるはずがない。

なまじ、希望を見つけたと思っただけ絶望も大きい。

そんなときだった。

魔王城から、こんな伝令が飛んできたのは。

「——魔王様の執務室から、心臓が見つかった」

SIDE：アルベルト

魔王の心臓の行方。

それは、アルベルトなりの対策だった。

魔族にとっての心臓。

それは致命的な弱点であり、敵地に渡るにあたって守ることは最重要だった。

アリシアを人質に、魔王をまんまと呼び寄せたシュテイン王子。

次に狙うのは、心臓をすべて奪って、不完全だった支配の術式を、完全なものにすることだろう。

何が何でも防がなければならない。

先手を取って、心臓は魔王城に置いていく――もちろん、戦力的には大きく弱体化するだろうが、それは必要な措置だった。

かくして必要な準備を終え、アルベルトはニルヴァーナの砦に出向いた。

たちまち王国兵に取り押さえられ、彼はシュテイン王子とイルミナの元に連れて行かれることとなる。


「心臓が、ありませんわ……！」

「貴様！　心臓はどこにやった！⁉」

思った通りだ。

憤怒に染まったシュテイン王子の顔を見て、アルベルトは余裕の笑みを浮かべる。

「さてね。どこかに忘れてきちゃったみたいだよ」

そう、すっとぼけた。

「貴様ぁ！」

「やれやれ、血が上りやすいのも考えものだねえ。駄目だろう、捕虜には優しくしておかないと」

へらへらと笑うアルベルトは、隙を窺っていた。

シュテイン王子だけなら、すぐにでもその首をねじ切れる自信があったが、隣に佇《たたず》む少女は油断ならない。

それにしても、まさかこんな方法を取ってくるとは。

やっぱりあのとき、確実に仕留めておくべきだったか。そう考えていたが、

「……おまえは、誰だ？」

魔力の波長が違う。

気のせいかと思ったが、やはり違和感が強い。

不思議に思って、そう尋ねたアルベルトに、

「ふふ、なんのことですか？　私は、イルミナですわ」

涼やかな笑みで、少女は、そう答えるのだった。

アルベルトには、魔力を封じる拘束具が取り付けられた。

目隠しをされ、そのまま王都に運ばれていく。

普段のアルベルトなら、この程度の拘束具は力ずくで取り外せただろう。しかし、心臓を置いてきた今は、並の魔族と同様の実力しか発揮できないのだ。

「――さてと、しばらくは、大人しくしておくとしようかな」

せいぜい、油断しておいてほしいものだ。

どう転ぶかな。

アルベルトは見たこともない運送用魔導機の中、平然と眠りについたフリをするのだった。

「この状況で、よくもまあ眠れますわね」

「言葉に気をつけろ、ニセモノ。戦争を続けるための象徴の役割――最後まで担ってもらわなければな。バレるような真似《まね》は許さんぞ」

「やれやれ、怖いですわ」

シュテイン王子とイルミナ（?）は、ぺらぺらと緊張感なく喋《しゃべ》り続けていた。

聞き耳を立てている魔王に、気がつくこともなく。

「それでも、ふてぶてしいですわね。敵地のど真ん中で、こうして眠っているなんて」

「ふん。魔族には、命の危機すらないらしいな」

彼らは、油断しきっていた。

SIDE：アリシア

——かくして、魔王城に保管されていた心臓は。

しばらく経った後に、魔王城で、無事、発見されることになる。

「すぐに持ってきてください！」

「え、しかし……」

「作戦のためには必要なんです。お願いします！」

目の色を変えて、そんなことを頼み始める私に、

「それが、既にこの都市に運び込まれていると——」

「…………は？」

伝令の魔族は、まさかの返答を寄こす。

布で包まれた何かを、魔族の伝令兵がうやうやしく渡してくる。

私は、狐につままれたような顔でそれを受け取るのだった。

人間のそれより、一回りも二回りも大きい。

両手で包み込むように、しっかり抱きしめる。

熱が、伝わってくる。

温かい。一緒に、魔力まで伝わってくる――優しく、励まされるような不思議な感覚。

膨大な魔力を撒《ま》き散らしながら、とくんとくんと鼓動するそれは、たしかに心臓に違いない。

だけど、だとしたら何で魔王城に……？

そしてなぜここに？

「アリシア様に託すべきだと思いました」

呆然《ぼうぜん》とする私に、そんな声がかけられる。

心臓を見つけた後、魔王城では幹部たちは満場一致でそう判断したそうだ。

魔王のことでは、私を全面的に信じようという信頼の証《あかし》。

いや、普通に信頼の証として心臓を捧《ささ》げられても困る。困るのだけど……！

「最高のタイミングです！」

天がもたらした奇跡に思えた。

――魔王の心臓。

それは、転移装置を動かすキーアイテムとなった。

「アリシア様、どうするつもりなんですか？」

「もちろん！　王宮に乗り込んで、アルベルトを連れ戻します！」

転移魔法の核。

アルベルトを探すために、王宮に転移するのではない。

魔力を強く放ち、引き合う二つの部位を持つ一つの生命体。

王宮にいるはずのアルベルトと、この心臓ならピタリと条件を満たす。

アルベルトのことを、移動先の目印にすれば良いのだ。

そんなこんなで、勇んで飛び出そうとする私に、

「アリシア様、どうか一晩だけ休んでください」

「また、無茶ばっかりして……」

「戦いになったらわらわに任せてほしいのじゃ！」

順に、ユーリ、リリアナ、ライラである。

以前の戦いでは、無茶を押し通してイルミナに不覚を取った。

いても立ってもいられない気持ちではあるけれど。

焦るときほど冷静に。私は彼らに礼を言いつつ、一旦、小休止を取るのだった。


そうして数時間後。

「待っていてくださいね。このまま終わりなんて、絶対に嫌ですからね――」

そう祈るように口にして。

私は、転移装置にゆっくりと魔力を流し込んでいく。

実証実験もほとんどできていない。

理論的には動くはずだが、実際には使いながらの手探りが多い。

私は、転移装置の動力炉に、アルベルトの魔力を流し込み、

「……お願い！」

気がつけば、そう祈るように声を出していた。


転移装置が淡く発光する。

希望を乗せた光が、私たちを包み込んでいく。

「アリシア様！　これ、大丈夫なんですか⁉」

そんな慌てる時間も長くは続かず。

――次の瞬間、私たちは王都に放り出されていた。

放り出されたのは、どこかの路地裏のようだった。

奇跡的に周囲に人影はない。

もし目撃者がいたら、口封じしなければいけなかったところだ。

「ふう、上手《うま》くいきましたね」

ぶっつけ本番で、転移装置を起動して侵入。

どうにか上手くいったけれど、随分と無茶をしたものだ。

残念ながら、付近にアルベルトの姿はない。まだまだ試用段階の魔道具を、強引に動かしてしまったからだ。精度は望むべくもない。

ここまでたどり着けただけでも幸運だった。

「皆さん、無事ですか？」

「な、なんとか……」

ひとまず全員無事なようで、ほっと安堵《あんど》の息を吐く。

念のため全員に回復魔法をかけていき、ついでに隠匿魔法をかけておく。

ここは敵地のど真ん中。

姿を隠しながら移動するに越したことはない。

「アリシア様、これからどうしますか？」

「そうですね……」

リリアナの問いに考え込む。

実のところ、そこまで深く作戦は決めていない。

思いがけず、敵地のど真ん中に入り込めてしまった。これは実のところ、戦況を大きく変え得る大きな一手であった。

ここで、シュテイン王子を討てれば。

そうでなくても、王宮貴族に、魔道具の研究施設に壊滅的なダメージを与えられたなら。

戦争は、一気に魔族有利に傾くだろう。

そう思いつつ、私は雑念を追い払う。

優先順位を間違ってはいけない。

あくまで目的は、アルベルトの奪還。その他のことは二の次だ。

「まずはアルベルトを見つけないと話になりませんね」

そばにいることは、間違いない。

それでも場所を特定できないと、行動を起こしようもない。

「う～ん。やっぱり私が街中で暴れて敵の目を集めて、その隙に皆さんで王宮に忍び込んで様子を探ってもらう……、ってのが良いですかね」

突如として、敵兵力が街中に現れるのだ。

街の中は、さぞかしパニックになることだろう。

私、単独であれば、たとえ囲まれても逃げ出せる自信はあった。

特務隊時代、それから魔王軍の一員として――ぬくぬくと王城で肥え太っている王国兵に後れを取るつもりはない。

「やっぱり、それが手っ取り早いですかね」

「アリシア様を危険な目に遭わせるなんて！　……と言いたいところですが、今更の話ですね」

「ところで、合流場所はどこにするのじゃ？」

乱暴な手ではあるが、無茶は今に始まった話でもない。

そんな反応で、粛々と作戦に向けて動き出そうとしていたそのとき、

「冗談でしょう」

そう異を唱えたのはフローラだった。

「何か文句があると？」

「大ありよ！」

いつになく主張してくるフローラは、

「潜入、情報収集――適した人間がいるじゃない」

私の視線を恐れるでもなく、そう言い切った。

その言葉の意味するところは……、

「本気？　あなたを信じろと？」

「何を言うかと思えば。話になりませんね」

リリアナが鼻で笑う。

フローラの提案は、情報収集のために自分を王宮に送り込めというもの。

こちらの情報が、シュテイン王子たちに漏れたらジエンドだ。信頼できるはずがない——そう思っていたが、

「シュテイン王子への復讐《ふくしゅう》。私も噛ませろって言ってるのよ」

不敵な笑みとともに宣言され、思わず言葉に詰まってしまう。


——あいつへの復讐を、おまえより先に遂げてやる。

思い出したのは、そう私に宣言してきた姿。

魔王城の片隅に幽閉されたまま、平穏に一生を終える道もあった。

それを、この女は一度投げ捨てている。

一度はすべてを奪われ、気がつけば立場は逆転し……。それでも復讐のために戦うという道を選び取ったなら。

きっと、この女に裏切ろうという意思はない。

「どうするつもりよ？」

「簡単なことよ。囚《とら》われの聖女が、敵国から奇跡的な生還を果たす——あいつは、人を徹底的に見下しているわ。媚《こ》びへつらえば、情報を奪う程度はやさしいことよ」

上手くいけば王都に潜入したことに気がつかれずに、アルベルトの居場所が分かる。リスクはあるだろうが、得られるアドバンテージは非常に大きい。

「分かったわ、好きにしなさい」

「まさか信じるというのですか、アリシア様⁉」

リリアナが、悲鳴を上げるような目で私を見てきた。

信頼——それは、フローラとは程遠い言葉ではあった。

プライドだけは高く、蛇のように狡猾《こうかつ》で、相手を陥れることだけは一人前。おおよそ人の皮を被《かぶ》った悪魔ではあるが……、

「あんた、ろくでもないこと考えてるでしょう」

「なんのことかしら？」

これだけは言える。

この女が、自身を裏切った相手に尻尾を振る訳がない。

そう判断した私は、フローラを王宮に向かわせたのだった。

まあそれに……、

「従属紋がある以上、下手なことはできないでしょうしね」

「それを力ずくで従属紋破壊したアリシア様が言いますか……」

私の呟《つぶや》きに、リリアナがじとーっとした目で突っ込むのだった。

SIDE：フローラ

「さてと、どうしたものかしらね」

——シュテイン王子への復讐を果たすこと。

元は、眼中にもないと言わんばかりのアリシアへの当てつけのような宣言だった。

それは口にしてみて、驚くほどに体に馴染《なじ》んだのだ。

——よくも私を切り捨ててくれたな、と。舐《な》めた態度を取ってくれた落とし前は、きっちりとつけてもらわねばならない。

「見てなさい」

同時に脳によぎったのは、魔女として王国に復讐を誓った少女の姿。

——ついでに復讐してあげる、ですって？

——眼中にないなどとは、二度と言わせない。

その目に、復讐を果たす私なりの生き様を焼き付けてやる。

そんなことを考えながら、フローラは王宮へと歩みを進めるのだった。

王宮に戻るにあたってフローラが初めにやったことは、自らの体をずたずたに傷つけることだった。

ぼろぼろのみすぼらしい姿。その方が自然だったし、そんな弱々しい姿は相手から警戒心を奪い去るということをフローラは熟知している。

シュテイン王子は、既に自分を切り捨てている。

その事実を知っていたからこそ、フローラは秘密裏に殺されることのない場所で、助けを求める必要があった。シュテイン王子の息のかかった者が相手なら、フローラを亡き者にする計画まで知っている可能性がある。

信頼できる相手などいない。

王宮という場所は、不正と陰謀渦巻く魔境なのだから。


だからフローラが取った行動は、一つだけだ。

「この〝聖戦〟に、どうか神のご加護がありますように」

広間で、ただ祈る。

目立つ場所で。

できる限り、人目を集める場所で。

あたりを軽く輝かせ、大げさな演出とともに。

ただ厳かに祈る。

「あれは――」

「聖女、フローラ⁉」

「馬鹿な⁉　聖女は、魔族領に捕らわれたんじゃ⁉」

すぐに事態を聞きつけ、ざわざわと人が集まってくる。

「フローラ様、噂《うわさ》は本当なのですか⁉」

「魔女・アリシアの処刑は、正しかったのですよね⁉」

「あんな自白は、強要されただけなのですよね⁉」

人々は、今やフローラに詰め寄らんばかりの勢いだった。

騒ぎは、大きくなればなるほど良い。

目撃者が多ければ多いほど、なかったことにするのは難しいだろう。

「あの件に関しては――」

更にダメ押し。

「後ほど、きちんと私の口からお話ししますわ」

まるで天から舞い降りた天使のように。

フローラは、聖女らしく振る舞うことには自信があった。

アリシアは、その実力をもって聖女がなんたるかを示してきた。

一方、フローラは見栄とハッタリだけで、聖女というものを演出してきた。

——私にはできない生き方だわ、とフローラは思う。

別に羨ましいとは思わない。

それでも、その実直な生き方があったから、今の立ち位置があるのだろう。

それでも、フローラは考える。

これまでの生き方が間違っていたのかと。

はっきり言ってしまえば、間違っていたのだろう。

それでも、後悔はない。

「復讐の礎になりなさい」

——真実は、いつの日にか明らかにならなければいけませんからね。

シュテイン王子への復讐方法。私にしかできない、アリシアに刻みつけるそのやり方——最初からやり方は決めていた。

今日もフローラは、これまでの生き方を武器にする。

生き様を刻み込むため、今日も人の心を自在に操ってみせるのだ。

フローラは、ひたすら広場で祈り続けた。

説明を求められたときには、後で明らかにしますの一点張り。

――聖女・フローラが帰還した。

――いずれしかるべきときに、真相がその口から語られる。

たった数時間の間に、王国民の心には、それが確定事項のように認識されていった。

騒動を聞きつけた王国騎士団が現れたのは、それから三時間後のことだ。

「フローラ様⁉」

「こんなところで、何をしておいでなのですか⁉」

「ご無事で良かった！」

うやうやしく頭を下げる騎士団員に、フローラは冷めた目線を向ける。

彼らの瞳に浮かんでいたのは、憎々しげな表情。賭けてもいい。こいつらは、これっぽっちも聖女・フローラのことを心配してなどいない。

「さあ、殿下が心配されております」

「早く戻りましょう」

それでも自分は、御しやすい愚かな女でなければならない。

「まあ、殿下が？」

うっとり無邪気な笑みを浮かべて見せる。

媚びるような、人好きする表情――アリシアが、見てるだけで斬り捨てたくなると評した可《か》憐《れん》な笑みだ。

「私、ほんとうに心細くて。私、私――」

おまけに涙など流してみせれば、イチコロだ。

この状況で口封じなどしようものなら、王国民はますます疑いを深めるだろう。

王国は、何か都合の悪い事実を隠すために、戻ってきた聖女を殺したのだと。

そうしてフローラは、まんまとシュテイン王子との合流を果たすのだった。


「――相変わらず見事なものね」

上手い手だ。

建物の屋上から、こっそり騒ぎを眺めていた人影――アリシアは、その茶番を見てそう評するのだった。


「私、怖くて、怖くて――」

そうして、シュテイン王子との感動的な対面である。

フローラは、涙を浮かべてシュテイン王子に駆け寄ってみせた。

「フローラ、我が愛《いと》しの婚約者！　本当に、本当に無事で良かった！」

「魔族に捕らわれて、もう駄目かと思いました――殿下、殿下～！」

シュテイン王子の表情は冷めていた。

一応、心配そうな顔をしているものの、まったくもって取り繕えていない。どうして、こんな人を愛おしく思っていたのだろう、とフローラは不思議に思う。

えいやっと胸を押し付けた。

それだけで、シュテイン王子は場も選ばず鼻の下を伸ばした。ちょろい。

「殿下。私、殿下のお役に立ちたいです……」

「なら――あの演説は何だ？」

「ごめんなさい。その……、魔族の怪しげな術に操られ――心にもないことを……」

大げさに泣き崩れてみせると、非難するような目がシュテイン王子を貫いた。

今の私は、敵に捕らわれた犠牲者だ。

それでいて奇跡的な生還を果たした聖女。怪しいところももちろんあるが、基本的に場は同情に満ちている。そう空気を誘導することに成功していた。

ちっ、とシュテイン王子が舌打ちした。

「その……、私のせいで何か戦況に変化でも？」

「もういい。おまえはいつも通り、にこにこと微笑《ほほえ》んでいればいい」

「はい、殿下！」

フローラは、親愛を表現するようにシュテイン王子の胸に飛び込んだ。


「裏切り者を捕らえた？」

「ああ。聖戦を妨害する憎い女でな」

「まあ、それは——許せませんね」

ぷんぷん、と怒るフローラ。

シュテイン王子は、ちょっぴりお馬鹿な女が好きなのだ。

予想通り、シュテイン王子は、まったく警戒心を持たなかった。彼の中で、フローラという存在は警戒に値する人間ではなかったのだ。

そんなこんなでシュテイン王子は、自慢げに自身の功績を話し出すのだった。

「馬鹿な女だろう。こうして囚われているのは、すべて俺に逆らったからだ」

「…………!?」

鎖に繋《つな》がれていたのは、思わぬ人物だった。

驚きの表情を押し隠し、

「それは、まあ——愚かな女ですねぇ」

フローラは、そう嘲笑の笑みを浮かべる。

その女には見覚えがあった。

ブリリアント要塞都市で、魔王とアリシアが死闘を繰り広げた相手。レジエンテ兵の総指揮官を務める少女である。

「こいつは汚れた魔族と、和平を結ぼうなどと言い出したのだ。聖戦の士気を下げる離反行為だ――だから、こうして繋いで〝教育〟している」

「あら〜。その教育、私にも手伝わせてほしいですわ〜？」

「ふっふ、相変わらずいい趣味をしているんだな」

「殿下こそ〜」

――なるほど、なるほど。

――そういうこと。

持ち帰るべき情報が一つ増えた。

イルミナは魔族との和平を持ちかけたが、シュテイン王子はこれを拒否。その結果、イルミナが持っていた抑止力が、シュテイン王子に渡ったというところだろうか。

イルミナの存在は、魔王にかけられた魔法を解除するのに必要だった。

居場所が分かったのは、実のところ大きい。

「あなたは？」

「和平なんて夢を見て～？　馬鹿な女ね～？」

「こんなことを続けても、無駄ですわ。あなたの思い通りになりません——きっと、魔王とアリシアさんが、この状況を打開してくれますわ」

まさしく、そのアリシアさんの一味が忍び込んでいるとは、きっと夢にも思っていないのでしょうね。

「いつまでもこの調子でな。後々、不便だから——心を折っておいてくれ」

シュテイン王子の欲求は、そんなもの。

こんな意味のない行為に、昔は嬉々《きき》として加わっていたっけ。

これもシュテイン王子から信頼を得て、魔王の情報を引き出すためだ。

あまり気は進まないけれど、これまでのフローラを演じよう。

それに……、この女には、ちょっぴり恨みもあるし。

「うふふ、こんな役目をいただけるなんて。楽しくなってきましたわ～」

そんな感情はおくびにも出さず、フローラは恍惚《こうこつ》とした笑みを浮かべてみせるのだった。

SIDE：アリシア

そんなこんなで潜入初日。

私——アリシアは、潜入していたフローラから報告を受け取っていた。

距離は限られるが、フローラには自由自在にやり取りできる魔道具を渡してある。

それを通じて連絡するよう命じておいたのだ。

「疑われてないでしょうね」

「殿下は、女なんて自分の装飾品程度にしか思ってないわ。抱きついたとき、あの男は、まんざらでもない顔してたわよ——さっさと切り捨てる判断をしていた癖にね」

フローラは、予想以上の成果を持ち帰った。

「イルミナが囚われていた⁉」

「ええ。和平を申し出て、シュテイン王子に裏切られたのね」

「なるほど……、そうなればイルミナを助け出せばアルベルトにかけられた忌まわしい魔法もどうにかできるわね」

私は、そう考え込む。

それからフローラの行動の続きを聞いて、

「ええ……。あなた、またそんなことしてたの——」

「仕方ないじゃない。それが一番、信頼を得られそうだったんだから」

「こう、他にもあるでしょう。ほら、こう、手っ取り早くあの男を悩殺しちゃうとか」

私の言葉を聞いて、フローラがちょっぴり面白がるように、

「へえ、たとえば？」

「え？　その……、一緒に手をつないで宮殿の中をお散歩するとか」

「小さな子供か！」

む、なんだか馬鹿にされたのは伝わった。

「なら、あなたならどうすると？」

あくまで興味本位だ。

別に、アルベルトを相手にしたときに、参考にしたいなんて考えて――

「う～ん、風呂場で襲う？」

「⁉⁉」

「夜這《よば》いをかけるか、かけられるか――難しいところね……」

「ごめん、あんたに聞いた私が馬鹿だった」

この女は、貞操観念という概念をどこかに投げ捨てていたようだ。

それにしても、思いのほか真面目に情報を集めていて驚いた。

裏切りはしないだろうけど、そう簡単に情報が手に入るとも思っていなかった。

シュテイン王子が、思っていたよりアホだったのだろうか。

「アルベルトの居場所、頼んだわよ」

「……頼んだ、か。――ええ、頼まれたわ」

その日は、それで通信を切り。

——その情報は、想像の数倍早くもたらされることになる。


数日後。

「アリシア、魔王の居場所。分かったと思う」

「本当に⁉」

フローラの言葉に、私は飛びかからんばかりの勢いで反応してしまった。

「アリシア様！　少し落ちついてください」

「ご、ごめんなさい……」

私たちは、スラム街にある小さな宿屋に潜伏している。

大声を出して目立ってしまうのは得策ではない。小声で咎《とが》めてくるリリアナに目線で謝りつつ、私は続きを促す。

「魔王が今いるのは、第四騎士団の駐屯地。そのまま一週間後には、ここ王都に送られてくるはずです」

「でかした、フローラ！」

「最後まで聞きなさいって。わざわざ敵国の長《おさ》を王都に呼び寄せる目的は——」

——公開処刑。

その言葉を聞いて、私は頭が真っ白になった。

いや、大丈夫。

間に合ったのだ。

絶対に止めに入る。

その処刑を止めることは、国の面目を丸つぶれにするに等しい。

シュテイン王子は、その場で斬り捨ててやろう——心地良い夢を抱いたまま死んでいくがいい。本当に、いい気味だ。

「それにしても、よくそんな重要機密を聞き出せたわね？」

「裏切られるなんて、夢にも思ってなかったんじゃない？　お酒を飲ませて、適当におだててやったら、ぺらぺらと喋《しゃべ》ってたわよ」

ちょっぴり得意げなフローラの声。

たしかに憎い相手ではあるけれど。

成果を上げた者を正しく評価するのが魔族流であるというのなら——

「ありがとね、フローラ」

「は？」

「今回の件だけは感謝してる。私じゃ、その情報は手に入れられなかったから」

ぶっきらぼうに言い捨てた私に、

「どういう風の吹き回し？」

心底、不思議そうな声。

「私のことを、お礼も言えない人間だと思っていたの。それなら少し心外ね」

「だとしても、私は別でしょう」

そう、かもしれない。

一生かけてこいつをこき使って、それで溜飲《りゅういん》を下げようと思っていたのだから。

「別に特別扱いもしないわ。……そうね、どうでもいいし——その方が、今のあなたは惨めに感じるんじゃない？」

「ふん、あんたも大概いい性格してるじゃない」

シュテイン王子を殺す。

アルベルトを助ける。

そんな目標に比べれば、この女の扱いなど些細《ささい》なこと。

私の言葉に何を思ったのか、通信機からはしばらく沈黙が届いていたが、

「アリシア、様。最後は、あなたが、きちんと仕上げてちょうだいね」

そんな言葉を最後に、フローラと繋がった通信機は切れていく。

——言われなくても。

内心で舌打ちをする。

認めるのも癪《しゃく》だが、フローラの働きぶりは大きい。

ふと顔を上げれば、通話を見守るリリアナたちと視線が合った。

思えば軽く頼むだけで、一も二もなく危険な作戦に力を貸してくれた。

私は、幸せ者だなあと事実を噛みしめる。

「一週間後。公開処刑の場に、アルベルトとシュテイン王子は姿を現します。その日に作戦決行――どうか力を貸してください」

頭を下げると同時に、

「今更、何を言ってるんですか！　当たり前です！」

「僕も！　アリシア様と魔王様のためなら、どんなことでもできる気がするんです！」

「わらわの剣術、思う存分頼ってくれていいんじゃぞ？」

返ってくるのは、そんな忠義の証。

どこまでも心強い言葉に、私は柄にもなく再び頭を下げるのだった。

――アルベルト
こんな終わり方は認めません。
ぶん殴ってでも、魔王城に連れて帰ります。
それは、きっと、みんな同じ気持ちですから。

だから……、どうか無事でいてください。
そんな願いを捧げながら。
私たちは、作戦決行に向けた準備に取り掛かるのだった。

第十章　最終決戦

「――すべての元凶を捕らえた」

その日、シュテイン王子による発表が、王都で大々的に公開された。

「今や、魔王は我が手にあり。魔族など恐るるに足らず！　聖戦の勝利は、今やすぐそこにある！」

白々しい演説。

「我らがヴァイス王国の勝利とこれからの発展を祈願して――今より一週間後の正午、この地にて魔王の処刑を執り行う！」

その言葉は、シュテイン王子の期待したほどには人々の心に影響を与えなかった。

シュテイン王子への不満は、今や彼の想像以上に高まっていたのだ。魔王を捕らえたという発言にも、王都民の反応は冷ややかだ。今までもシュテイン王子は、戦況を偽って国民に伝えている。国民たちの王宮への信頼は、すっかり失墜していたのだ。

もっともシュテイン王子は、その様子に頓着しない。

ただ己の求めるままに、魔王を人々の前で処刑するため準備を命じていった。彼にとって、周囲に生きる者は己の生き方を飾り立てる装飾品に過ぎない——それは敵国の長《おさ》とて同じこと。

かくして街のど真ん中に、物々しい処刑台が建造されていく。

華々しいショーでも開こうというのか。

あの日を思い出し、私はいまいましい気持ちになった。

「また馬鹿なことに国費を使うのか！」

「いい加減、この無謀な戦争を終わらせろ！」

そんな声を上げるものは、ただちに王国騎士団に連行されていった。

騎士団員が見張りに立ち、国民を監視している。

人通りは少なく、王都には物々しい空気が流れる。

一言で言えば、異様な光景だった。

そんな中、着々と建設が進む処刑台のまわりには、賛同者も集まり、異様な熱気を帯びていた。

「いまいましいですね」

「ええ。本当に……」

不快そうに眉をひそめるリリアナに、私は相槌《あいづち》をうつ。

姿をくらませている私たちの目と鼻の先に、憎き敵がいる。ショーの下見でもするように、処刑場を視察にきたのだ。

「アリシア様、こらえてください。今は——」

「リリアナこそ……。ええ、分かっています」

気がつけば、痛いほど鎌を握りしめていた。

馬鹿な光景。

今、飛びかかればシュテイン王子を討てるだろうか。

でも、それでは、アルベルトは助からない。

この燃えたぎる炎は、当日までとっておくのだ。

「ユーリ、準備は進んでますか？」

「はい。アリシア様の名のもとに、大混乱を引き起こす——どうか、お任せください！」

「……ほどほどにね？」

ユーリに頼んだのは、当日の陽動だ。

王宮近くの街の中で、大規模な騒動を引き起こし、強固な王国騎士団の守りを大混乱に陥れる。作戦の成功には欠かせない重要な役回りだった。

「また、処刑か。いつまで、こんなことが続くんだろうな……」

「何が聖戦だよ。生活は一向によくなりやしねえ——」

「あの日からだよ。王子殿下が権力を握って、すっかりこの国はおかしくなっちまったんだ」

道ゆく人が、そんな言葉を吐き連ねていた。

高まる不安と不満。

それでも正面から状況を打開できる者はおらず。

一日、また一日と時が過ぎ去っていくのだった。

◆ ◆ ◆ ◆ ◆

シュテイン王子が、処刑を宣言した当日。

騎士団に捕らわれたアルベルトが、王都の中に連れてこられた。

「「殺せ！　殺せ！　殺せ！」」

「「殺せ！　殺せ！　殺せ！」」

「「殺せ！　殺せ！　殺せ！」」

異常な熱気。

この空気は、人の正常な思考を鈍らせる。

「これより神聖ヴァイス王国に抗《あらが》う愚かな魔族に、神の裁きを下す。この日は、我が国にとって歴史的な日となることであろう！」

「ふ～ん、これはどうしてなかなか。随分といい趣味をしているじゃないか」

「いつまで余裕を持った顔をしていられるかな。大魔族の特別コースだ――せいぜい、今から
でも命乞いをするがいいさ」

「生憎《あいにく》、もうこの世に未練はないものでね」

壇上には、処刑人とシュテイン王子、それとアルベルトの姿。

――思ったより無事そうだ
飄々《ひょうひょう》とした姿を見て、安心すると同時に、ひどく苛立《いらだ》った。
何が、この世に未練はない、だ。
私の方は、まだ、これでもかというほど用があるのに。

「あはっ、始めましょうか」

私が合図を出すと同時に、大広場で次々と爆薬が弾《はじ》けていった。

「さすがです、ユーリ」

フレッグさんに持たされた爆弾型の魔道具を、街中に仕掛けたのはユーリだ。

廃棄されかけた廃倉庫。

軍事施設として使われている武器庫。

大貴族の住まう大豪邸――城下町で、無差別に火の手が上がる。

「な、何事だ⁉」

「分かりません。ですが……、すごい威力です！　火の手が止まりません！」

「すぐに騎士団を向かわせろ！　くそっ、大切な日になんてことだ！」

――なんて、やり取りが行われているようだ。

さっきからフローラに持たせた伝令用魔道具から、焦ったシュテイン王子の言葉が筒抜けなのだ。

「殿下、いったい何が⁉　これからどうするのですか？」

「賊が紛れ込んでいたらしい。なに、すぐに収まるだろう――」

フローラが豊満な胸を押し付けながら、シュテイン王子にそんなことを聞いていた。その賊に会話を盗み聞きされていることにも気がつかず、本当に滑稽なことである。


――作戦の第一段階は成功といったところだろうか。

この程度は、挨拶だ。

慌ただしく動き出す王国騎士団を見送り、私もようやく一歩を踏み出した。

「なんだ！　何が起きている⁉」

「賊が入ったって話だぞ⁉　狙いはここか⁉」

「そんな馬鹿な！　この世界一安全な王都で、テロ行為なんか――」

王国の威信をかけた大々的な公開処刑《ショー》。

観客たちの間に、瞬く間に混乱が広がっていった。


そんな混乱を加速させるように悲鳴が響き渡る。

「魔族、魔族の姿が――！」

「街の中に魔族が侵入しているぞ⁉」

もちろん、これは私たちが仕掛けたサクラ。

高速で観客の間を駆け抜け、ライラが、リリアナが観客の不安を煽《あお》っていく。

本来であればさざ波にもならなかったであろうそれは、ユーリの起こした爆弾騒ぎと合わせて絶大な威力を発揮する。

「静まれ、静まれ！」

「貴様らそれでも誇り高きヴァイス王国民か！」

騎士団員が混乱を静めようと、つばを吐きながら怒鳴り散らしていた。

しかしユーリが設置した大量の爆弾が、今も街の中で次々と起爆している。

パニックに陥った人々は、我先にと街の外に逃げ出そうとしていたし、広まり始めた騒ぎは、そう簡単に鎮まりようがない。

「あはっ、こんにちは。そして――さようなら」

私は、観客とは逆に処刑台に向かって走っていく。

何人かの兵士が私に気がつき、私に武器を向けてきたが、次の瞬間には物言わぬ骸《むくろ》に姿を変えることになった。

直線距離にして数百メートル。

私は、一瞬でシュテイン王子たちの立つ処刑台までたどり着く。

「な、おまえは――魔女・アリシアっ⁉」

「おのれっ、賊に堕《お》ちたか！」

シュテイン王子を守る近衛《このえ》兵が、私の前に立ちはだかった。

けれども――その程度の数で、その程度の覚悟で、私の前に立ちはだかろうというのか。

「あはっ、恨むならそこを守っていたことを恨むんですね」

「ほざけっ！」

立ちはだかる近衛兵たちは、まるで相手にならない。

イルミナが率いていたレジエンテの精鋭たちと比べれば、デクの集まりもいいところだ。大方、王宮で甘い汁を吸うだけ吸っていたのだろう。

鎌を振るうたびに、鮮血が散った。

一人の王国兵が胴体から一刀両断され、崩れ落ちるようにその場に倒れる。

「あはっ、抵抗するならどうぞお好きに」

私は、一歩、一歩と距離を詰めていく。

「ヒィイ、俺はシュテイン王子に命じられて仕方なく――」

「俺も、俺もだ！　投降する。だから、どうか命だけは――！」

「あはっ、今更面白いことをおっしゃるのですね？」

今まで散々、この国で美味《おい》しい思いをしてきたのだろう。

それならばせめて、最期にはこいつに殉じるぐらいの覚悟をしてほしいものだ。

土下座で命乞いする騎士に、鎌を振り下ろす。

呆気《あっけ》なく首が飛び、ころころとシュテイン王子の足元に転がっていった。


「アリシア⁉　どうして、どうしてここに？」

「迎えにきましたよ、アルベルト」

「どうして……」

悲しそうな顔でうつむくアルベルト。

言いたいことは山ほどある。

こんな場では、到底、伝えきれないこと。

だから、まだ私たちは一緒に生きていくべきなのだ。

「ひっ、嘘《うそ》よ。どうして……、こんな――」

一方、私の姿を見たフローラが、恐怖で顔をこわばらせてシュテイン王子の陰に隠れた。

え……？　まだ、演技を続けるの？

そう首を傾《かし》げる私の前で、

「どうしてくれるんですか、殿下！　私は、アリシアを排除すれば聖女に、次期王妃になれるっていうから協力したんです。それなのに、それなのに――」

大声で責任転嫁を始めたのだ。

シュテイン王子が持つ拡声の魔道具を、最大音量でオンにしたたまま。

「落ち着け、フローラ！　それより、その魔道具を――」

「落ち着けって、どの口が言ってるんですか⁉　聖戦は負け続きで、ろくな戦果も上げられていない。これから、どうするつもりなんですか⁉」

フローラの叫びは、拡声器に乗って王都中に響き渡った。

「これまで一人で国を守っていたアリシア様は、あなたに裏切られて絶望して魔族と手を組んだんです。更には和平を申し出た魔族に対して、あなたは処刑という手で応えようとした――あなたは、あまりにも卑劣です！」

――身勝手な責任の押し付け合い。

以前、フローラから届いた己の罪を認める告白。

極限状況で発せられた叫びは、フローラ事変による告白よりも大きな信憑性《しんぴょうせい》を持っていた。

「シュテイン・ヴァイス。あなたは……、本当に愚かな選択をしましたわ」

「貴様は……、イルミナ！　なぜここに⁉」

「レジエンテが停戦を申し出たら、よりにもよって偽物を立てて戦争を続けるなんて――このまま続ければ、この国は地図から消える。そろそろ、現実を見るべきですわ」

もちろん、その声もバッチリ拡声器に拾われている。

集まった人々は、シュテイン王子の数々の行いを聞いて、驚きを通り越して震えていた。

己の私欲のためにしてきた数々の行い――その悪事が、今、白日のもとに晒《さら》されようとしているのだから。

取り返しがつかない事態。

「貴様……、まさか――そういうことか！」

「あらあら～？　今更、気がついたのかしら～？　お・馬・鹿・さ・ん？」

「貴様……、フローラァァ！」

憤怒で顔を赤くするシュテイン王子に、

「さてと――年貢の納めどきです。シュテイン・ヴァイス！」

私は、静かに鎌を突き付けるのだった。

「おい、どういうことだ⁉」」

「今まで俺たちを騙《だま》してたっていうのか⁉」

「おまえらのせいで、俺の家族は――――！

観客の間から、怒号が上がる。

特にこの戦争で家族を失った者の恨みは大きかった。

これまで苦しい生活を耐えていた人々の恨みは大きかった。

この王子の言葉を、すべて信じていた訳ではない。

だとしてもその所業の数々は、おおよそ目を覆うほどの醜さに彩られていたのだから。

既に辺りに、近衛兵の姿はない。

王子を守っていた者は、ある者は、暴徒と化した国民たちに呑まれて沈んでいった。またある者は、いち早く危機を察知して逃亡した。

「はっはっはっ、舞台を下りた人間が……、随分と好き勝手してくれるじゃないか」

「言葉には気をつけなさい」

既に、局面は詰んでいる。

この期《ご》に及んで、ふてぶてしい笑みを浮かべるシュテイン王子。

「あなたの悪事は、すべて知れ渡った。ここにいる国民が証人よ――――まだ、何かを企《たくら》んでいるとでもいうの？」

「ふん。国民の替えなど、いくらでも利く」

そう、つまらなそうに口を歪《ゆが》め、

「契約者、シュテイン・ヴァイスの名において命じる。魔王――さあ、ここ、王都を滅ぼせ」

「正気ですかっ⁉」

大規模な証拠隠滅。

まともな神経ではあり得ない自殺行為だった。

軽薄な笑みを浮かべるシュテイン王子は、たしかに正気だった。冷静に、どこまでも狂った行動を取る――それこそがシュテイン・ヴァイスという人間なのだ。

「そんなことをして何に！」

「俺に従わぬ者は不要。だから王都ごと焼き払い、その報復として〝聖戦〟を続けるのだよ」

――魔王による被害の正当な報復だ。

そう口にするシュテイン王子の表情には、罪悪感のかけらも浮かんでいない。

ただ自らを正当化し、狂った価値観だけで動き続ける人間。

「あなたって人は、どこまで……！」

今すぐにでも斬り捨てよう。

そう思った私のもとに、人影が立ちはだかった。

それは、何度も相対した姿。

特務隊時代、何度となく刃《やいば》を交わし、命を奪い合った相手。

蘇《よみがえ》って、生き様に触れ、たしかに心を通わせた相手。

二度と会えないと思ったら、胸を締め付けるような痛みに襲われ。

まだ、私は、この人とどうしたいのか分からないけれど。

それでも、こうして迎えに来た相手で……、

「あはっ、そうでした。あなたのことも一発ぶん殴りにきたんでしたね」

「……」

対するアルベルトは無言。

「聞こえてますか？　久しぶりですね、こうして刃を交わすのも——アルベルト」

「殺《や》れ、魔王！　その忌まわしき魔女をぶち殺せ‼」

「うるさいですね。私は、アルベルトと話してるんです」

「ひっ……」

殺意を向けるだけで、シュテイン王子を黙らせ。

アルベルトは私に見向きもせず、闇魔法による爆発を引き起こそうとする。

王都を破壊する――すべてをリセットする。そんなくだらない命令に従おうとしているのだ。

別にこんな国、どうなったって構わないけれど。それでもあの男の思惑通りに進むのは癪《しゃく》で。

「相変わらず、敵に回すと、恐ろしいですね……！」

アルベルトの放った魔法を、結界で片っ端から防いでいく。

感情を失ったような目で、アルベルトは王都の街並みを破壊しようとしていた。

私のことなど、眼中にないというように。ただシュテイン王子の命令を忠実に果たそうというように。

「あはっ、王都を壊したければ、まずは私を殺すことですね」

無性に腹が立った。

私は、真《ま》っ直《す》ぐ得物を構え、アルベルトに振り下ろす。

それをうるさそうに手で摑《つか》んだアルベルトだったが、

「君は――あり……しあ？」

まじまじと目が合う。

不思議そうに。

アルベルトの瞳に、一瞬戻ったのは理性の色。

次いで宿るのは、絶望の色。

「どうして、こんなことに……」

「さあ、不思議ですね」

私は、静かに鎌を構える。

「こんなことになるなら、ボクは、ボクは――」

「久しぶりですね。こうして本気で戦うのは」

自然と昔を思い出す。

あのときは、恐ろしいとしか思わなかったけど。

今は不思議と、こうして刃を交わしてもっと話したいと思う。

「アリシア、どうか逃げ――」

「あはっ、冗談？　ぶん殴って連れ帰ります。これは、決定事項ですから」


『ロスト・ヘブン！』


――痛みも。苦しみも。

その先の道標になるのなら受け入れよう。

後悔だけはしたくない。

その痛みだけは、決して忘れない。

——すべてを遂げるまで。そして二度と失わないために。

あたり一面が、真っ白に染まっていく。

寒々しい世界で、今日も真っ赤な月は爛々《らんらん》と輝く。


「これがアリシアの——」

「さあ、思う存分舞いましょう？」

私は、アルベルトに飛びかかる。

感情に任せるように、愚直に、ただ真っ直ぐ突っ込んでいく。

アルベルトは、そのすべてを受け止めるように捌《さば》いていった。


何度も激しくぶつかり合って、また離れていく。

王国で偉い人たちが、くるくるとダンスを踊っているらしいけれど。

もしかすると、気持ちはこんな感じなのかな——なんて柄にもないことを考える。

私も、アルベルトも、戦場に生きる者。

だから、これが一番分かりあうのは自然の理《ことわり》で、

――どうして来ちゃったの？　ボクは、ただ、幸せになってほしかったのに

――なんで、分からないんですか！　私の幸せには、もう、あなたが必要なんですよ

意思を確かめ合うように武器を交わす。

何を考えているか、手を取るように分かった。

剝《む》き出しの心をさらけ出し、相手を蹂躙《じゅうりん》するための魔法。

それが私の固有魔法で、戦いは、否《いや》が応でも互いの感情のぶつかり合いになる。

――それは、どういう……

――自分の胸に聞いてください

戸惑ったように動きを止めるアルベルトに、無性に腹が立つ。

何も分からないから、あんな行動を取れるのだ。

残された側が、どんな気持ちになるのかも知らないで。

――何が信じてほしいですか！　私のことは、何も、何も信じてくれなかったじゃないですか！

――だって、ほかに、どうすればよかったっていうの？

――そんなことは、これから考えるんですよ！


祈りを込めた一撃は、結局アルベルトを吹き飛ばし。

気がつけば私は、馬乗りになるようにアルベルトにのしかかり、その首に鎌を突きつけていたのだった。


「アルベルト、まだ街を壊したいですか？」

「いや、壊したくはないんだけど――どうにも逆らえなくてね」

「あんな屑《くず》の術に負けないでくださいよ」

その命令を果たすため、私を殺す必要がある。

そう認識した結果、たしかにアルベルトは私に襲いかかってきたが、今のアルベルトからはどうも殺意を感じない。

でも、シュテイン王子の命令を無効化できたかといえば、そういう訳でもないらしい。

かろうじて術の効果を、強い意思で封じ込んでいる状態。

事態は、何も解決していないのだから。

「アルベルト。もう少し我慢していてください。術式、解除できるか試してみるから」

「アリシア、ボクを殺してよ。死ぬなら、君の手で――」

「次言ったら本気で怒りますよ！」

私は、アルベルトにかけられた術式を解析しようとする。

魔族の心臓を核とした超強化版・従属紋――乱暴に括《くく》ってしまえば、そんなところだろうか。

「ええっと……」

とはいえ、リリアナのときにしたように心の一部を破壊する方法は取れそうにない。

繋《つな》がっている先が心臓という重要な部位なので、そのまま良くて廃人になるか、最悪ショック死してしまうだろう。

何より、術式が複雑すぎる。

これはレジエンテの秘術――私のような素人では、理解に何年かかるか分からない。やっぱり、どこまでもいまいましい術式だ。

ギリリ、と歯を食いしばったとき、

「アリシアさん、心臓を貸してくださいますか？」

そんな声が聞こえてきた。

声の主《ぬし》は、神々しい雰囲気をまとった銀髪の少女――イルミナ。その手には、アルベルトのものと思《おぼ》しき心臓の一部を持っている。

「イルミナ!?」

「その術式を解除したいのでしょう？　さあ、早く」

イルミナは、シュテイン王子の罠《わな》にかかり、地下牢《ちかろう》に幽閉されていたらしい。彼女自身は、魔族との和平を望んでいる――フローラは、そう言っていたっけ。

偶然にも、転移魔法のトリガーとして使ったもの。

私は、今も、その心臓を大事に持っている。

「お願い、アルベルトは――私の大事な人だから」

「ふふ、ですって。良かったですね、魔王さん？」

心臓を受け取ったイルミナは、見たこともない術式を組み上げていった。

迷いない表情で組み上げられていく魔方陣は、今まで見たこともないほどの精巧さで、この人を相手によくぞ生き残ったものだ、と考えてしまう。

事実、私とアルベルトの二人がかりでもギリギリの勝負になった訳だし。

「まったく、あの屑男もこの程度で魔法の支配権を奪い取ったなんて――片腹痛いですわ」

可愛《かわい》らしい顔で、そんなことも口にして。

イルミナは、恐るべき早業で心臓をアルベルトの体内に押し込んでいく。

私にできるのは、祈るように見守るのみ。

やがて、ふう……、と息をついたイルミナは、

「どうかお幸せにね」

なんていたずらっぽい顔を向けてきて。

「わ、私とアルベルトはそういう関係じゃ――」

「そうだよ。まったく、君は、いきなり何を言い出すのか――」

あたふたと反応してしまった私たちを、イルミナは生暖かい目で見てきた。

話したいことは、まだある。

だけども、まだ終わっていない。

「これで残すは――」

私は静かに呟《つぶや》く。

そう、仕上げがまだ残っている。


「ふざけるな、ふざけるな、ふざけるな！」

私が魔法を解除すると、シュテイン王子が地団駄を踏んでいた。

「イルミナ、貴様！　よりにもよって魔王に肩入れしようというのか！」

「あら。先に裏切ったのは、あなたですわよね」

イルミナは、実にいい笑顔を返す。

フローラ、イルミナ、近衛兵たち。

シュテイン王子を守るものは、もはやここには誰もいない。

ここにきて、ようやくシュテイン王子は危機感が出てきたのだろうか。

「おい。誰か俺を助けろ！　そこの魔女を、魔族を殺せ！」

金ならいくらでもやる！

そうわめき散らすシュテイン王子を助けようという者は、そこには誰もいなかった。

まだ、この状況が理解できないのだろうか。

アルベルトにかけた魔法が解けた時点で、万に一つの勝ち目もない。

もはやこの国は、滅びるかどうかの瀬戸際にいるというのに。

「あはっ、遺言はそれでいいですか？」

「ま、待て！　魔女――いや、アリシア……」

一歩、一歩と距離を詰めていく。

最期の反応は、やはり誰もが一緒。

身勝手に憤り、哀れに許しを乞うのだ。

「貴様のことは、俺の側妃として迎えてやろう。人は魔族としては生きていけない――悪い話ではないだろう？」

「あはっ、まだご自身の立場がお分かりでないようで」

私が踏み出すたび、シュテイン王子は後ずさる。

しかし、その歩みは、何者かに阻まれることになった。

憤怒に顔を歪めたアルベルトだ。

「君が、アリシアを苦しめた〝すべての元凶〟だよね。ボクたちに盛大に喧嘩《けんか》を売って――覚悟はできてるよね」

そう言うと、アルベルトは軽やかに腕に力を込め、

「ぐぁぁぁぁ。腕が、腕がぁぁぁぁっ⁉」

ずぽっと嫌な音を立てて、シュテイン王子の腕が引きちぎられた。

「これぐらいで勘弁してあげるよ。後は、存分にやるといい」

「あはっ、ありがとうございます」

私とアルベルトは、笑顔で言葉を交わし合う。

もっともその声は、痛みに絶叫するシュテイン王子には聞こえていない。

どうにか必死に床を這《は》いつくばって逃げ出したシュテイン王子は、何を血迷ったのか私の足元にすがりつき、

「あはっ、嬉《うれ》しいです。あなたの方から、私の方に来てくれるなんて」

「頼む――アリシア。婚約者、だろう？　どうか、見逃し――ぐぁぁぁ？」

残った手を、鎌で斬り落とす。

無様に這いつくばる姿を、存分に見下ろす。

悪魔のように思えた男だったが、痛みに涙を流しながら床を転げ回る姿は実に滑稽だった。

このまま魔王城に連れて帰るべきか。

フローラと同じように、魔王城の一室で、永遠に終わらない地獄を見せてやろう。生まれてきたことを後悔するまで、徹底的に蹂躙して、苦痛を与えて、最後は王国を攻め滅ぼすきっかけにしてやろうか。

それは、考えるだけで胸がすくようで。

同時に、どうしようもなく虚《むな》しくて。

――胸を張って進めるなら、ほかの誰が認めなくてもあたしが認めてあげるから
再会したホリンナ院長の言葉を思い出す。

地下牢で、フローラとシュテイン王子をいたぶり続ける日々。

そんな生き方を、私は胸を張ってホリンナ院長に喋《しゃべ》れるのだろうか。

――これで、復讐《ふくしゅう》が終わる。

過去とは決別するのだ。

私の大切な人を連れ戻し、これからも国を守るための戦いに身を投じていく。いずれ死ぬときが来ても、その日に胸を張って終われる生き方をしたい。だから……、

「さようなら、つまらない人」

「ま、待て……！」

私が鎌を振り下ろそうとしたとき、

「アリシア、嬢。どうか少しだけ判断を待ってほしい――」

聞こえてきたのは、そんな声。

それは長らく国を空けていた国王の声だった。

まさしく、今帰国したという風貌。

一国の長たる威厳は、そこにはなく。

どうにか間に合ったことに安堵《あんど》するような表情。

「良かった。どうにか、間に合った……！」

「あはっ、そのまま尻尾を巻いて亡命すれば良かったんじゃないですか？」

今更、国に戻ってきて何ができるというのか。

国王――ヴィルフリードは、国の最高権力者だ。

いわば私のことを斬り捨てた貴族の親分的な立ち位置で、当然、良い感情など持ち合わせていない。おまけに、この男は国を留守にしていることも多かった。だからこそシュテイン王子が権力を手にして、今回のようにやりたい放題する結果に繋がったのだ。

シュテイン王子を殺すのは決定事項だ。

止めるというのなら、まとめて叩《たた》き斬るのみ。

「お久しぶりです、ヴィルフリード陛下。なんの用ですか？」

一応の対話の意思を見せた私に、

「父上⁉」

シュテイン王子が、よろりと身を起こした。

そんな様子を、ヴィルフリードは、凍りつくような視線で睨《にら》みつけた。

「助けてください、父上！　このままでは俺……私は、魔族に殺されてしまいます！」

「黙れ！　おまえ、何をしたか分かっているのか！　この国を、よくも、よくも――！」

ヴィルフリードの相貌は、深い失望に彩られていた。

同時に、どうしてこんなことになるまで気がつけなかったのかという絶望。

「アリシア嬢。いいや、アリシア様――こたびの件、本当に我が息子が、我が国がとんでもないことをしでかした。こんな言葉で許されるとは思わないが、どうか謝罪させてほしい」

恥も外聞もなく。

そう表現するほかない。

ヴィルフリードは、頭を地面にこすりつけんばかりの勢いで土下座を始めたのだ。一国の長が、敵国の魔族に頭を下げる意味――その意味は、決して小さくはない。

「へえ、それで？」

もっとも、そんなことは今更なんの意味もないのだ。

アルベルトは薄い笑みを浮かべ、ヴィルフリードに視線を送る。

「まさか、謝ったから許してほしいなんて。そんなおかしなこと、考えてるんじゃないよね？」

「まさか。我が国は何かを要求できる立場にない。レジエンテも引いた今、戦局は既に決しておる。それが分からぬのは、この馬鹿息子ぐらいよ」

全面衝突は本位ではない、と国王はハッキリ言い切った。

「今やこの国の未来は、あなたたちの意思に委ねられている。馬鹿息子の首も、私の命も差し出そう――騙されていた国民に罪はない。どうか寛大な処置をお願いしたい」

覚悟を決めた様子で、ヴィルフリードはそう宣言する。

シュテイン王子の暴走を止められなかったのだ。

良い国王ではなかった――それでも、最低限の尻拭いは。国のためにできることはなんでもする、という強い意志を感じた。

「アリシア、君は……。まだ王国民を皆殺しにしたい？」

アルベルトは、気遣わしげに私を見てくる。

私が頷《うなず》いたら、きっと優しいアルベルトは、その希望を叶《かな》えてくれる。

王国民を根絶やしにするまで、魔族は侵攻を続けることだろう。

「いいえ。私が憎むのは――」

答えは決まっていた。

あれから、ヴィルフリードの行動は迅速だった。

国の存亡がかかっていたのだ。家族としての情を見せることなく、ヴィルフリードは、息子の罪を次々と明るみにしていった。

汚い貴族に便宜を図ることは当たり前。

己の影響力を高めるために、シュテイン王子は数々の貴族を、その手にかけていた。

気に食わないものは強引な手を使って排除し、己の欲望を満たそうとした――甘い汁を吸っていたシュテイン王子の手のものは、次々と牢屋に送られていったという。

己の求心力を上げるために始めた魔族を滅ぼすための〝聖戦〟は、愚かな侵略行為だと唾棄された。

引き際を見誤り、他国を巻き込み、国に破滅をもたらそうとしたこと。

一歩間違えたなら、ヴァイス王国は地図から姿を消していただろう。シュテイン王子の行為は、それほどまでに無謀なものだったのだ。

「おまえは私利私欲のため、我が国が誇る聖女を誅殺《ちゅうさつ》した。魔族との国境線を守ってきたのは、アリシア嬢の活躍が大きい――本来であれば、国をあげて報いねばならなかったのだ」

馬鹿息子の行動力を見誤っていた、とヴィルフリードは嘆く。

その顔は、一気に老け込んだように見えた。

そう、すべての始まりはあの日。

あの日からシュテイン王子は、今日という破滅の日に向かって歩みを進めていたのだ。


数日後。

「父上⁉　嫌だ、俺は、死にたくは――」

「おまえも王族なら大人しく覚悟を決めろ。連れて行け！」

見苦しく泣きわめくシュテイン王子を、見届人が引きずるように処刑台に連れて行く。簡易裁判の後、シュテイン王子には公開処刑の判決が下った。

戦争にかかわった者は、問答無用で死刑とすること。そしてシュテイン王子には、相応の報いを受けさせること――それはアルベルトが出した和睦の条件だった。

「見よ。これがおまえのしたことの結果だ――」

壇上に上ったシュテイン王子に、

「「殺せ！　殺せ！　殺せ！」」

「「殺せ！　殺せ！　殺せ！」」

「殺せ！　殺せ！　殺せ！」

襲ったのは国民の声。

それは怒りだ。

戦争で家族を失った人々の痛み。

そして――、

「国を守ってきた聖女様を殺した⁉」

「自分の権力のために⁉」

「恥を知れ――‼」

なぜか上がるのは、私――アリシアを称《たた》える声。

今、私はすっぽりと全身をフードで覆っている。

聖女であることを明かすつもりもないし、当然、魔族であることも内緒だ。今の私は、ただの処刑人――シュテイン王子に最期の引導を渡すだけの存在なのだ。

「やれやれ、なんでこんなこと――」

そんなこと頼んでないのに、と私はぼやく。

ヴィルフリードは、私にかけられていた冤罪《えんざい》を丁寧に払拭していった。

魔族と内通していた罪――それは、今となっては事実なのだけど、あの当時の私は国のために尽くしていたのは事実で。

私たち特務隊が、騎士団を魔族から守っていたという事実もきちんと公表された。

結界を張り、日々、寝る間を惜しんで戦い、前線を支えていたこと――すべてが国王の口から語られたのだ。

国王が、自ら、王族の過ちを認めた。

そうして今は亡き聖女に、感謝の言葉を捧げている。

そんな訳で、王国民たちはすっかり〝悲劇の聖女〟を悼《いた》んでいたのだ。


――何を今更、と正直思う。

そんなことをされても、失ったものは返ってこない。

そもそも魔族として生きる今に、十分満足している。

だけども……、その気持ちだけは受け取っておこうか。

シュテイン王子が、処刑台に括り付けられた。

「アリシア、貴様ぁ！　俺にこんなことをして、ただですむと――」

今になっても、懲りずに毒を吐くのか。

立場を理解していないのか、あるいは最期の虚勢か。

「あはっ、大丈夫です。ちゃんと、死なせてあげますから」

――処刑人は、私だ。

自ら立候補したのだ。

これは、この役目だけは他人に譲れない。

復讐、その区切りとして、最期を見届けたいと思ったのだ。

「ま、待――」

「さようなら、哀れな人」

私は、そう言って装置のスイッチを押した。

ただ、今は、目の前の男を哀れだと思う。

くだらない生き方をして、最期にはつまらない死に方をする馬鹿な人。

「貴、様っ――ぐぁあっ！」

通称――魔術式処刑。

致死の威力を誇る魔法を、ぶつけてなぶり殺しにする残酷な死刑の方法だ。

同じ苦しみを味わわせてやりたい。

別に、そう思った訳ではないけれど。

多くの人間の恨みを買ったシュテイン王子に、もっとも残酷な処刑方法が選ばれたのは、自然の摂理であった。

「――アリ、シア！　俺を……、助けろ！」

魔方陣から、火の玉が放たれシュテイン王子を火だるまにした。

新たな魔法が発動するたび、悲鳴は逼迫《ひっぱく》したものに変わっていく。

思い出したくもない――あれは、地獄だった。同じ苦しみを味わいながら死んでいくことになるのは、なんとも皮肉なものだ。

血を吐きながらもがき苦しむ愚かな男を、私はただ静かに眺める。

無感情に、無表情に。

己の目に焼き付けるように。

「俺が、悪かった――どうか、助け――」

それが、愚かな男の最期の言葉だった。

「……たしかに、死んでます」

「そうか、ご苦労」

死亡確認をし、私は静かに王宮に戻るのだった。


「アリシア様。あんな男、もっと苦しめて殺せばよかったのです」

「そうです！　アリシア様の痛みを思えば、あの程度の痛みなど！」

王宮で待っていたのは、リリアナ、ユーリといった面々。

「まあまあ。あれ、見てる以上に苦しいのよ」

「おいたわしや、アリシア様……」

「あの男には、当たり前の報いですよ」

そっとなだめる私に、ユーリは相変わらずプリプリ怒っていた。

「終わったのね」

「ええ」

そんな私に、静かに声をかけてくる者がいた。

特務隊メンバーからは距離を取り、静かに佇《たたず》んでいたのはフローラだ。

フローラがとった復讐方法——公開処刑の場で真実を叫び、国民にシュテイン王子の正体を知らしめること。

その結果が、今日の公開処刑だ。

復讐が成ったのは、フローラの手助けも大きかったのは事実だ。

そんなこと絶対に言う気はないけれど。

「アリシア、聞こえる？　君を称える声が」

そしてこの場には、アルベルトもいる。

自分のことのように、彼は嬉しそうだった。

「ええ。——今更、身勝手なことですよ。本当に……」

私としては、今更どうだっていい。

この国で、私は既に死んだ存在だからだ。

私の居場所は、ここではなく、遠く魔族領にある魔王城なのだから。

「アルベルト、帰りましょう」

私が、そう手を伸ばすと、

「うん。アリシアの望むままに」

アルベルトは、そう惚《ほ》れ惚《ぼ》れするような笑みを浮かべ、私の手を取るのだった。

第十一章　それから

戦争は、あっさりと終結した。

ヴィルフリードは、実の息子であるシュテイン王子を戦争犯罪人として断罪。

魔族相手に無条件降伏を申し出たのだ。

アルベルトは、これを受諾。これによりヴァイス王国と魔導皇国は、驚くほどあっさりと講和することに成功したのだった。


ある日の昼下がり。

アルベルトの執務室を訪れた私は、良い香りのする紅茶に舌鼓をうっていた。

「魔族領の茶葉も慣れると美味《おい》しいですね」

「そう？　気に入ったなら、また仕入れとくよ」

「もう。私がほしがったら何でも買っちゃうの、アルベルトの良くないところですよ？」

アルベルトは、いつも私に甘い。

いつか私のせいで、国庫が傾くんじゃないかと心配なレベルだ。

これからも元聖女らしく、質素な生活を心がけていこう。

そんなことを考えながら、ぼーっとアルベルトを見ていると、

「これで良かったんだよね、アリシア？」

「何が、ですか？」

アルベルトは、不意に真剣な表情で聞いてきた。

「復讐《ふくしゅう》──王国と和平を結んで、本当に良かったのかと思ってさ」

「ああ。そのことですか」

そのことなら、何度も話した通りだ。

「ええ。私は──前を向いて歩きたいと思いましたから」

王国民を虐殺して回るより。

ここでアルベルトと一緒に暮らす方が、きっとこれからも楽しい。

それにその方が、胸を張って生きられる。

今は〝魔女〟である私だけど、そう自然と思えたのだ。

「アルベルト、そう思えたのもあなたのおかげです。復讐に生きて死んでいくだけだったはずの私を、あなたが繫《つな》ぎ止めてくれたんです」

「――っ！」

たぶん、言おうと思ったときに言わないと、口にする機会がないから。

そう言った私に、アルベルトは驚いたように目を丸くしたが、

「そう思えたなら、それはアリシアが選び取った道だよ。ボクは、アリシアが好きなように生きて幸せになってほしい――それだけだからさ」

なんて温かい目で微笑《ほほえ》むのだった。


「そうだ、アリシア！　今日はボクと――」

「アリシア様！　今日は特務隊の訓練日ですね！」

アルベルトが何かを言いかけたとき。

特務隊副長のリリアナが、そんな言葉と同時に扉を開け放つ。

――一緒に城下町に……

そんな言いかけたアルベルトの言葉は、誰の耳に入ることもなく。

「久々に組み手ですね！　負けませんよ！」

「ふふ、アリシア様は素直な性格を直さない限り私には勝てませんよ？」

「あれは、ズルです！」

楽しそうに言い合いながら出ていくアリシアとリリアナを見て。

「まあ、いいか――」

アルベルトは、小さくため息をつく。

その距離は、決して遠くはないけれど。

その先に行くには、まだまだ時間がかかりそうだった。

宗教国家レジエンテの王女…のクローン。魔族を殺すための兵器として生み出され、そう育てられた。数多あるクローンの1つであるため、命を顧みない過酷な訓練を生き延びた過去を持つ。自分のような存在をこれ以上生み出さないため、"聖戦"を終わらせるべく、アリシアたちと敵対する。

【性格】

◎過酷な訓練で感情を殺す癖がついており、基本的に感情は希薄。

◎他人への執着が薄く、己の命にも無頓着。善悪のタガが外れており、目的のためには手段を選ばない残忍さを併せ持つ。

◎アリシアの狂気が表に出てくる狂気だとすれば、こちらは静かな狂気。

ライラ

傭兵として魔族領を転々としていた少女。
ミスト砦の戦いで瀕死の重傷を負っていたが、アリシアの魔法により救われ忠誠を誓う。

【性格】
◎思い立ったら一直線、な真っ直ぐな性格。無鉄砲。根は素直なので、新しい価値観も受け入れやすい。

シュテイン・ヴァイス

神聖ヴァイス王国の第一王子。
気に食わなかったアリシアを処刑したことがきっかけで泥沼に陥り、最終的には人間と魔族の全面戦争を引き起こす。

【性格】
◎自分以外の人間を見下している。自己保身第一で、いざとなれば情け容赦なく切り捨てる。
◎イエスマンで周囲を固めており、信じたいものだけを信じるので、状況を認識できない。

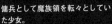

あとがき

お久しぶりです、作者のアトハです。

この度は拙作「闇堕ち聖女は戦渦で舞う2」を手にとっていただき、誠にありがとうございます。


本作を書くにあたって、最高の復讐とは何だろうと自問自答すること数知れず。

すべてを忘れて幸せになることが最大の復讐なのか。相手に地獄を見せつけて、後悔の中、凄惨な方法で殺すことが復讐か。きっと人それぞれ、最高の復讐の形があると思います。それは理屈ではなく、感情なのです。

二巻はアリシアの復讐に決着がつき、物語としても一つの決着がつく巻です。

アリシアは、人の悪意でどこか壊れてしまった、けれども根の優しさはそのまま――そんな女の子です。

敵将イルミナ、シュテイン王子、囚われたフローラ、アリシアの復讐の行方。是非とも見届けていただけたら嬉しいです。

最後に謝辞を。

はじめに本作を買って下さった読者の皆さまに最大級の感謝を。ここまでアリシアの物語を描けたのは、ひとえに読者の皆さまが居てこそだと思います。本当に、ありがとうございます。

担当編集のY様、一巻に引き続き的確なアドバイスをありがとうございます。Y様とのやり取りの中で、作品がブラッシュアップされて、当初の原稿より数段面白いものに仕上がったと思います。

デザイナー様。一巻に引き続き、素晴らしい装丁に仕上げていただき、ありがとうございます。

素晴らしいイラストを描いて下さったぺぺロン様。挿絵、口絵、カバー絵と、そのシーンの雰囲気を最大限に引き出して下さる素晴らしい仕上がりで感動しました。

それでは、また会えることを願って。

二〇二三年　四月十日　アトハ

闇堕ち聖女は戦渦で舞う 2

2023年5月30日　初版発行

著　アトハ
画　ペペロン

発行者　山下直久
編集長　藤田明子
担当　山口真孝
装丁　吉田健人（bank to LLC.）
編集　ホビー書籍編集部

発行　株式会社KADOKAWA
〒102-8177　東京都千代田区富士見2-13-3
電話:0570-002-301（ナビダイヤル）

印刷・製本　図書印刷株式会社

お問い合わせ
https://www.kadokawa.co.jp/（「お問い合わせ」へお進みください）
※内容によっては、お答えできない場合があります。
※サポートは日本国内のみとさせていただきます。
※Japanese text only

本書は著作権法上の保護を受けています。本書の無断複製（コピー、スキャン、デジタル化等）並びに無断複製物の譲渡および配信は、著作権法上での例外を除き禁じられています。また、本書を代行業者等の第三者に依頼して複製する行為は、たとえ個人や家庭内での利用であっても一切認められておりません。
本書におけるサービスのご利用、プレゼントのご応募等に関連してお客様からご提供いただいた個人情報につきましては、弊社のプライバシーポリシー（https://www.kadokawa.co.jp/）の定めるところにより、取り扱わせていただきます。

定価はカバーに表示してあります。

©Atoha 2023
Printed in Japan
ISBN 978-4-04-737434-8　C0093

これもオススメ!

孤独死した「俺」は積みゲーとなっていた
RPG「ブライトファンタジー」のゲームキャラに転生していた。
冒険者”グレイ”として平穏に暮らしていたある日、
街中で暴漢に虐げられる少年少女を救出。
なんと、その二人はゲームの主人公とその幼馴染だった!
不遇な生活を送る主人公たちを思わず自分の養子にすると決意したが
その選択が世界の運命を大きく変えることに。

世界最強「親バカ」冒険者と
運命を背負った子供たちによる
家族愛ファンタジー!

悪人面したB級冒険者
主人公とその幼馴染たちのパパになる
01

B-GRADE ADVENTURER WITH A BAD GUY FACE BECOMES A DADDY TO THE HERO AND HIS FELLOW CHILDREN

著 ―― えんじ
イラスト ― ハラ カズヒロ

ENJI
KAZUHIRO HARA